饒舌《じょうぜつ》な視線

和泉　桂

幻冬舎ルチル文庫

CONTENTS ✦目次✦

✦カバーデザイン=吉野知栄(CoCo.Design)
✦ブックデザイン=まるか工房

イラスト・相葉キョウコ✦

饒舌な視線

1

「森沢《もりさわ》くん」

よく通る冷ややかな声で呼ばれ、ノートパソコンのキーボードを叩いていた森沢宏武《ひろむ》は顔を上げた。

「はい」

直属の上司である八城瑛《やしろえい》は、普段からあまり表情に変化がない。眼鏡《めがね》をかけているが、表情が読み取れないほど分厚いレンズでもないので、単に顔の筋肉を動かすのが嫌なだけなのだろう。

極力無駄なことはしなさそうで、何事においても淡泊な雰囲気を醸《かも》し出す。しかし仕事ぶりは丁寧かつ粘着質なところがあり、宏武は八城のそんなところを少々苦手としていた。

「昨日頼んだデータの進行は?」

「う」

予期せぬことを聞かれた動揺に、小さな声を漏らす。忘れてはいなかったが、朝から来客があったため、午後に一気に片づけようと後まわしにしていたのだ。

「すみません、まだです」

身長百八十センチを越える宏武が、こうして三つ年上の八城に見下ろされるのは珍しい。

「昨日いきなり頼んでしまったし、大変なのはわかってる。君ならあと一日あるほうが、よりいいものにしてくれると思う。もし難しいようなら明朝でも構わないけれど、どうする？」

淡々と述べられたのは有り難い申し出だったが、ここで一日遅れると次のプロジェクトに差し支える。

「ありがとうございます。でも、期日どおりできます」

「わかった、待ってるよ」

てきぱきとした八城の物言いは無駄がないが、冷たいというほどではない。

それでも宏武は、この物静かな上司が苦手だった。

八城はあまりに生真面目《きまじめ》で隙がない。吊り上がり気味のくっきりした印象の目が、眼鏡と額にかかる長めの前髪によってようやく中和されているから、よけいにそう思えるのかもしれない。顔は整っているほうだと思うが、八城は物静かだし社内では目立たない人物だ。

八城がデスクに戻ったのを機に、宏武がふうと息を吐き出すのに気づいたらしく、隣席の益田《ますだ》がひそりと声をかけてきた。

「平気か？　大変なら延ばしてもらえば？」

「ん、できるよ」

相手の労《ねぎら》いを受けて、宏武は曖昧《あいまい》に笑む。

「ただ、このところ忙しかったから」

「ごめん、俺が休んだせいで」

益田がすまなそうな顔になったので、宏武は慌てて首を振った。

「いいよ、好きで風邪引いたわけじゃないだろ？」

先月から会社——特にこの第二事業部で風邪が大流行し、ここ一月ほどで皆が代わる代わる休んでいた。元来丈夫な宏武は一人風邪を引かなかったため、必然的に同僚たちの尻ぬぐいをする羽目になったのだ。そういう意味では、線が細くて華奢《きゃしゃ》な印象の八城も、風邪とは無縁だったようで、人は見かけによらない。

「その調子でみんなの仕事手伝ってたら、遅れるのも仕方ないよ」

「できるって言って引き受けたんだ。期日までにきっちりやるよ」

宏武のきっぱりとした言葉を聞いて、益田は口笛を吹く真似《まね》をした。

本当は不言実行が一番いいのだが、つい調子に乗ってしまった。けれども、啖呵《たんか》を切った以上は、やらないわけにはいかなかった。

「でも、八城さん、ちゃんとわかってるんだな。おまえのこと」

「……うん」

ちらりと視線を投げかけると、八城は無言でディスプレイを凝視している。静謐《せいひつ》を滲《にじ》ませた態度はいつもフラットで、彼が色を失う場面など見たことがない。

宏武の勤務する情報通信系の研究所は乃木坂《のぎざか》にあり、主に官公庁や企業の依頼で調査報告を行っている。設立された当初はまだインターネットも一般的でなく、軌道に乗るか危ぶまれたらしいが、今や業界では最大手だ。もっとも、創業者の小笠原匡《おがさわらただし》はほかにも様々なネット関係の事業を手がけており、この研究所はそのうちの一つにすぎない。小笠原は研究所以外は既にトップの座を後任に譲っているので、今は別の事業に手を出すための準備期間なのだろうと囁《ささや》かれていた。

宏武は経済系の大学院を卒業してから銀行系の研究所で働いていたが、昨春、誘いを受けて二十八歳にして転職した。

そこで出会った八城は社でも指折りの優秀な研究員で、セミナーの開催や主に省庁から依頼された案件の調査研究など、リーダーとしていくつもの仕事をこなしてきた。

無口であまり自己主張をしない八城に、どうしてそんな大きな仕事ができるのか不思議だったが、彼のチームに組み込まれて納得した。

八城はリサーチ能力に優れているだけでなく、チームのメンバーに対する配慮が行き届き、一人一人のコントロールが抜群に上手《うま》かった。

それでも、宏武は八城とはそりが合わない。

いや、そりが合わないというのは少し違うかもしれない。

どちらかといえば陽性な宏武は、要領もよく見た目もそれなりに派手で、性格も開けっ広《ぴろ》げだ。ゆえに、いかにも内省的な八城は、感情面を読み取れずに対応に困ることがしばしばあった。もっと裏表がなさそうな、何でも顔に出してしまうような相手のほうが楽なのだ。

もっとも、八城とは具体的に衝突したことがあるわけでもなく、仕事で対立したわけでもない。ただ、あまりに気質が違って近寄り難い――そんな感じで、今の距離感がベストだと思っていた。

今、八城をリーダーとして宏武たちが取り組んでいるのは、モバイル及びＩＴ産業の新たな規制とその経済波及効果に関する調査研究だった。今回急に頼まれたのは、その資料の作成だ。

しばらくしてからデータをまとめ、宏武は八城に転送する。

すぐに八城から、『申し訳ないけどすぐには見られないから、終業前には必ずチェックします』という丁寧なメールが届いた。

ややあってキーボードを叩いていた八城が不意に顔を上げ、それから、自分の横を通り抜けようとした女子社員に「三島《みしま》さん」と呼びかけた。

「はい」

三島もまた、風邪の流行に巻き込まれた一人だ。ここ三日ほど欠勤していた彼女は仕事が溜《た》まっているらしく、余裕のない顔で足を止める。

「いつも水やり、ありがとうございます」

「え？　あ、はい」

水やりが何を示しているのかはじめはわからなかったが、パーティションの仕切り近くに置いてある観葉植物のことだと気づいた。社長がもらってきたのに置き場所がないので、ここに押しつけられたのだ。誰も顧みるものがいないのによく元気でいると思っていたが、その理由がわかって納得した。彼女が面倒を見ていたのか。

いやそれよりも、よく気づくな、あんなこと。

宏武は驚いたものの、三島が頬《ほお》を染めて照れているので嬉しがっているのだと悟った。ガーデニングが趣味で、市民菜園を借りていると話していた彼女のことだから、観葉植物を放っておけなかったのだろう。

自分だって、ささやかな気遣いを認めてもらえるのは嬉しい。誰かに褒められたくてやっているわけではないが、だからといって、当たり前に思われるのも虚《むな》しいものだ。

そうした中で、八城の褒めるタイミングは適切だった。

「もしかして、私が休みのときに水やりしてくれたのって、八城さんですか？」

「あ、うん」

まさかそちらに質問が向くと思わなかったらしく、八城の声が微かに揺らぐ。

もしかしたら照れているのかもしれないと、少しおかしくなった。

「ありがとうございます。ちょっと心配だったんです」

彼女は嬉しそうに微笑《ほほえ》んでから、ぺこりと頭を下げてそこを後にする。それ以上おしゃべりすると邪魔になると思ったのだろう。

本当に、八城は上司として申し分がない。ほかの仲間たちからの信任が厚いのも頷《うなず》ける。

なのに、どうして自分が彼に懐けないのか、宏武は我ながら不思議に思っていた。


まったくついてない。

一度帰路に就いたものの、駅前で同僚と遅い夕食を摂っているときに、『データにミスがあったのでこちらで処理しておく』と残業中の八城からスマートフォンにメールが入ったのだ。上司に任せきりにするのはさすがにまずいので、彼らとはそこで別れ、宏武は再び会社に戻ってきた。

「八城さーん」

一応小さく呼びかけてみたものの、返答はない。

――誰もいない。完全裁量制とはいえ、残業が日常茶飯事の社で、この時間に無人なのは珍しい。

しかし、仕事を終えたらしい八城の姿はフロアに既になく、オフィス全体が薄暗い。節電のためではなく、もう帰ってしまったようだ。

仕方ない、帰るか。

そう思った宏武はフロアの電灯を消し、踵《きびす》を返す。

そのときだ。

「ん……ッ……」

押し殺したような男の声が聞こえた気がして、宏武は足を止めた。

「……あ……っ……」

やはり、誰かがいる。しかも、場所は社長室だ。

好奇心に駆られた宏武は、誘惑に抗えずにそちらへ近づいていく。

誘うように十センチほど開いたドアの向こうから、その声は漏れていた。

「——だめだろう、エイ」

同じく室内から聞こえるのは、深みを帯びた覚えのある声音だった。

その場にいる男性が誰か気づき、宏武はぎょっとした。社長の小笠原だった。

もしかしなくても、これって……男同士で？

早くここから立ち去ったほうがいいのではないか。頭ではそれくらいわかっているのに、躰は言うことが聞かない。

「で、でも……」

おまけに返ってきたのはあまりにも意外な人物の声で、宏武は一瞬耳を疑った。

エイという変わった音の名前から想像できる相手はただ一人だったが、咄嗟《とっさ》には信じたくなかったのだ。

「でも、とか、だって、とか。そういう言葉は社会人になってからは使わないものだと言わなかったか」

「だけど……！」

揶揄《やゆ》する小笠原の声音に応じる、どこか切迫した響き。

「それも同じことだな」

一歩、また一歩と魅《み》せられるように近づいた扉の隙間から、覚えのある人物が見えた。

——うわ……。

八城が机に腹這《はらば》いに押しつけられ、背後から男にのし掛かられているところだった。

俯《うつむ》き加減で顔が見えないけれども、その相手が誰かはわかりきっている。

小笠原といえばどことなく日本人離れした容貌の男前で、女性社員の人気も高い。業界でも派手な女性関係で知られており、そういうことにあまり興味のない宏武もしばしば耳にしていた。

だが、小笠原は仕事のうえでは有能で人望も厚く、社員からも信頼されている。独身なのをいいことにやや錯綜《さくそう》気味の女性関係込みで、彼の人格をかたちづくっているといってもいい。

その彼が、男同士でこんなことをしているなんて。

とはいえ小笠原を咎《とが》めるつもりはないし、こんなものを見物する趣味もないのに、今度はまるで足が動かない。

ここで足を糊《のり》づけされたかのように、躰が竦《すく》んでしまっている。

それほどの、異常事態だった。

「おさらいだ。こういうときにはどう言うんだ？」

「……かせて……」

とろりと甘い声が、八城の唇から漏れる。

ぞくっとした。

「聞こえないよ」

「達《い》かせて、くださいっ…」

押し殺した声が鼓膜を打つ。

そのあまりにも卑猥《ひわい》な発音に背筋が震え、魅入られたように動けない。

「いい子だ」

「……嫌…っ…」

激しく突き上げられたらしく、八城の声が唐突に揺らいだ。

「ふっ……待って…ッ…」

聴覚をダイレクトに刺激される。

知らなかった。

あのお堅い上司が、こんなふうに甘い声で啼《な》くなんて。

職場でことに及ぶなどという非常識さ。おまけに男同士だという違和感すらも吹き飛んだのは、落差が激しすぎる八城の変貌《へんぼう》を目にしてしまったせいだろう。

「もっと嫌がってみなさい、瑛。君が嫌がるところはそそる」

悪趣味だな、と宏武は他人事《ひとごと》のように思う。

「あっ……あ、やだ…いや……やめ…」

「君はいいときほど、嫌だと言うんだな」

からかうような小笠原の態度は、八城と違って余裕があった。

だいたい、八城は宏武にとっては、相性のよくない上司という、その程度の見解しかない。彼に対してセクシュアルな魅力を感じる者がいるなんて、考えてもみなかった。

「ちが…っ…」

こういうのが火遊びっていうんだよな、という感慨を抱《いだ》いた宏武は、そこではたと重要な情報を思い出した。

八城は結婚しているじゃないか……！

夫婦仲まで聞いたことはないが、八城が昨秋挙式した五つ年下の晴美《はるみ》は小笠原の元秘書だった。結婚退職することから、どうやらできちゃった婚らしいというのがもっぱらの噂《うわさ》だった。妊娠の噂は嘘だとすぐにわかったものの、口さがないやつは「八城は騙《だま》されてるんだ」とも言っていた。晴美は可愛らしい外見だったが、八城のような堅物とは気が合いそうにない女性だったからだ。

「……いや……や…ッ…」

身を捩《よじ》った八城が、机をほっそりとした指で引《ひ》っ掻《か》く。先ほどまで目に入っていなかった、彼の薬指に嵌《は》められたプラチナのリングが、今し方の宏武の連想を裏づける。

——と。

「く……」

いきなり、苦しげに呻《うめ》いた彼が首を捻《ひね》った。

目が、合う。

あまりのことに、心臓が止まりそうになった。

眼鏡を外した八城の瞳《ひとみ》は虚《うつ》ろで、映像を鮮明に捉《とら》えているかはわからない。だが、その視線は確かに宏武に向かっていた。

上気した頬、潤みきった双眼、半開きになった唇——どうしよう、すごく綺麗で、そして見惚《みほ》れてしまうくらいに色っぽい。

物言いたげな、何かを訴えかけるようなまなざしだった。

何が言いたいのだろう？

「瑛？」

「あうッ」

問うた小笠原が突き上げたのか、八城の声が再び跳ねた。

その瞬間、まるで魔法が解けたように、躰が動いた。

最初は忍び足でその場から遠ざかり、やがて早足でエレベーターホールまで駆け出す。

上の空で警備員に挨拶《あいさつ》をし、宏武はビルの外へ飛び出した。

——まずいものを見てしまった。

上司の不倫現場、おまけに相手は社長で、しかも男同士。

押さえてはならない現場を押さえてしまったという動揺に加え、さまざまな事実を脳内で羅列して宏武はどんよりとした気分になった。

悪いのは、あんなところで臆面もなく抱き合っている彼らだ。なのに、二人の営みに乱入したような気がして、宏武は罪の意識すら覚えてしまう。

無論、ただ後味が悪いだけではない。

なんだかんだ理由をつけて左遷されても、文句を言えそうにない事態だった。

八城が結婚しているなんていう重大情報を思い出さなければ、あそこで彼に気づかれる前に脱出できたのに。

あの様子では、昨日今日に始まった関係には到底思えない。

半ば自失した状態で地下鉄に飛び乗ったものの、宏武はまだ平常心に戻れずにいた。

座席に座って目を閉じると、先ほどの八城の喘《あえ》ぎ声が脳裏で勝手に再生されていく。

鼓膜にこびりついてしまったみたいだ。

嘘だろ。男の喘ぎなんて頼まれたって聞きたくないはずなのに……思い出す八城の声は、甘くて。

とうに動悸《どうき》は治まっているが、宏武の躰に落ちた熱は消えなかった。

潤んだ瞳。上気した頬。甘そうな吐息。

男同士だということをそれほど禁忌と思えなかったのが、我ながら不思議だった。

八城に性欲があるということが、意外だったせいかもしれない。

無論、結婚しているからには欲望くらいあるのだろうが、やはり想定外だ。

そして、八城に気づかれてしまった以上はこれからの会社生活が気まずいものになりそうだという予感に、宏武はがっくりしていた。

よくも悪くも個人主義、独立独歩の社風で変わり者が多い会社とはいえ、あの現場を部下に見られて平常心でいられるほど、八城の肝が据わっているとも思えない。八城とのあいだは、今まで以上にぎくしゃくしそうだった。

目が合ったのは気のせいで、八城が何も見えていなかったことを祈るほかない。けれども、逆に誰かに見られたのに気づいていれば、人一倍真面目な彼のことだから、焦って犯人を捜すに違いなかった。

宏武も夜間通用口で警備員に一言挨拶したし、彼に聞けばあの時間に出入りした人間はすぐに割れてしまう。

それに、警備員にあの淫《みだ》らな光景を見られたりしないのだろうか。

——達《い》かせて……。

八城の甘い声が、期せずして脳裏で再生される。

そのうえ、あのまなざしだ。どうあっても忘れようのない目。

「くそ」

宏武が独りごちたせいで、傍らのOLらしき乗客がびくんと身を震わせて、刹那《せつな》、気味が悪そうにこちらを見やった。

幼い頃から妙に肝が据わっているし、年齢に見合わぬ落ち着きがあると言われたこともある。それを信じれば自分にはたいていのことには動じない図太さがあるつもりだったが、今日の一件は例外中の例外だ。

どうやら、宏武自身も多少なりとも昂奮《こうふん》してしまったようだ。そうでなければ、体温が上がったまま妙に火照る躰に説明がつかない。

彼女と別れて三か月経《た》ち、欲求不満なのもあるのかもしれなかった。

たまたま通りかかったコンビニエンスストアを覗《のぞ》くと、ウインドウには頬を上気させた自分が映っている。まるでほろ酔い状態のようで、恥ずかしさに苦笑する。

と、胸ポケットに放り込んであったスマートフォンが震えた。

まさか、八城だろうかとどきっとする。

だが、幸いなことに着信したてのメールの主は、六つ離れた姉だった。

『来月の最後の土曜日、お母さんの誕生日会だから。ラドリックのロビーに六時でいい？』

二か月も先の予定を問う姉からのメールに、宏武は苦笑する。

母の誕生日には、日本有数のラグジュアリーホテルである『ホテル・ラドリック東京』のメインダイニングで食事をするのが、ここ数年の恒例になっている。

学生時代から一人暮らしをしているとはいえ、実家は二十三区内だし、顔を合わせる機会は頻繁にある。それでも、こういう行事は特別だった。

『了解』

デートの誘いもなく、入る予定といえば仕事の打ち合わせか家族との約束というのは、いくら何でも干涸《ひから》びすぎだ。こんなことだから、上司の濡《ぬ》れ場を目にして、必要以上に動揺してしまうのだ。

まずは、新しい恋人を見つけないと。

だいたい、外見もそれなりに整っているほうだし、今までだって女性にもてていた。結婚に至らなかったのは、よくも悪くもお坊ちゃん育ちのせいか煮えきらない面もあるからだ。

そんなふうに、宏武は自分の考えを先ほどの情事から別のところへ振り向けようとした。

明日からまた、いつもどおりの日々が始まる。

相手も自分も今夜の一件を忘れるまで、何とかして持ちこたえなくてはいけなかった。

「眠……」

2

見当違いな努力をいろいろしたにもかかわらず、翌日になっても、宏武《ひろむ》は前夜に会社で目撃してしまった光景を忘れられなかった。

おかげで昨晩はほとんど眠れず、時間を持て余していつもよりずっと早く出勤した。

通常より早く会社に着いてしまった宏武は、自分も意外と繊細なところがあるのだとわけもなく感心してしまう。

まだ人気《ひとけ》のない廊下を歩いていると、社長室の前に差しかかる。

鼓動が一瞬、乱れたような気がする。

あのドアの向こうで、彼らは淫靡《いんび》な行為に耽《ふけ》っていたのだ。

偶然の目撃者である宏武でさえも平常心でいられなかったのに、普段、八城《やしろ》たちはどういう神経でここを通るのかと思うと、そのほうが不思議だった。

机に向かってパソコンを立ち上げた宏武は、上の空でマウスを操る。次第に人の話し声が増え、皆が集まりつつあるようだ。ニュースサイトを読んでいた宏武に、背後から近づいてくる者がいた。

「おはよう」

よく知る冷えた声を背中に浴び、宏武はびくんと竦み上がった。

「ん？　どうかしたのか」

「いえ、……おはようございます」

八城に声をかけられただけなのに、ありありと声が上擦《うわず》る。八城は一瞬怪訝《けげん》そうな顔になったが、すぐに気にせぬ様子でデスクに向かった。

斜め前の席に腰を下ろし、パソコンを起動しメールチェックしている八城の姿を、宏武はぼんやりと見守ってしまう。

八城は眼鏡のブリッジを押し上げ、じっとディスプレイを覗き込む。

性欲なんて欠片《かけら》もないと言いたげな、植物的な顔貌。

だから自分も騙されていたのだ。

彼がお上品で、セックスなんてしなさそうな面白みのない男だと。

……だめだ。忘れろ。思い出すな。

自分にそう言い聞かせても、八城を見つめれば見つめるほどに、記憶が上書きされて鮮明なものになる気がした。

見ないほうがいいとわかっているのに、視線は勝手に八城に吸い寄せられてしまう。

昨晩、涙に濡れた八城の瞳に、宏武は映っていたのだろうか。

何とか開き直って忘れたことにしたつもりだったが、こうして八城を目の前にすると、その決意が脆《もろ》く崩れ去りそうになる。

「……何？」

視線に気づいた八城が問いかけたので、宏武は首を振った。

座席が近いせいで、よけいに八城のことを見てしまう。それだけだ、と心中で言い訳をする。

「すみません、何でもないです」

「でも、さっきから様子が変だ」

「そうじゃなくて……」

不自然な沈黙が訪れそうになったが、八城はさらりと言葉を続けた。

「ニューズレターの原稿はできてるのか？」

「今、語句の統一をしてます。あとでメールしておくので、確認お願いします」

「わかった」

こんなふうに普通のやりとりができるとは、やはり、八城は昨日のことに気づいていないのだろう。

ほっとしたような、それでいて腑《ふ》に落ちないような、中途半端な気分だった。

自分だったら、平常心ではいられない。会社での不倫現場を目撃されるなんて考えられないし、真っ先に誰に見られたか知ろうとするだろう。

何か言葉を繋《つな》げたほうがいいのかと狼狽《うろた》えているうちに、続々と同僚が出勤してきた。

「おはよ、森沢《もりさわ》。今日は早いな」

「うん、書類、最終確認しようと」

声をかけられたおかげで八城との話を打ち切るきっかけができ、宏武は安心してパソコンに向き直る。

ようやく仕事モードにスイッチが入り、宏武はメールへのリプライを始めた。

「おはようございます」

「おはよう」

穏やかな声が廊下の方角から聞こえ、何気なくそちらを見やる。出勤してきた小笠原《おがさわら》が社員の誰かに用事があったらしく、フロアに足を踏み入れて立ち話をしている。

小笠原の態度は普段とまるで変わらず、宏武たちがいるパーティションに視線を向けることはまったくなかった。当然のことながら、八城と視線を合わせる様子さえない。

四十代の小笠原は、同性の自分から見ても羨《うらや》ましいくらいに適切に年齢を重ねていると思う。時代を読み取るのに長け、事業の嗅覚が鋭い。軽佻《けいちょう》浮薄《ふはく》なところはないが、どこか謎めいた部分が残されている。私生活においても独身で常に女性との華やかな噂は事欠かないのも頷けるほど、魅力的な人物だ。

だからこそ、わからない。

小笠原は男もいけるとは初耳だが、理解は可能だ。しかし、小笠原は八城の何がよくて、彼を抱いたのだろう。昨日今日始まった関係というわけでもなさそうだし、継続的に関係を持つような理由があるのか。

とすれば、八城はよほどいい躰を持っているとか？

……いや、それはない。絶対ないはずだ。

生真面目で、あたたかみなんて欠片もなく、こんな面白みのなさそうな人。

触れてみたところで体温まで低そうだ。

それとも、冷たそうな外見に反してあんなに甘い声を上げる、あのギャップがいいのだろうか。

内心で自分の下世話な思考に突っ込みつつ、宏武は唇を噛《か》み締めた。

どうあっても、思考が昨日の情事から離れない。

「森沢くん」

不意に声をかけられ、宏武は顔を上げる。

「は、はい！」

気づくとまたも八城がそばに立っており、彼の体温が近づいたことに宏武は動揺した。

「このあいだの論文、読み終わった？」

「……すみません、まだです」

仕事に関係のない論文だったので、プリントアウトしただけでまだ目を通していなかった。

それを聞いた八城は、「べつに謝らなくていい」とあっさりと言う。

「興味があったから、聞いてみただけだ」

「わかりました」

八城でも他人に興味を持つのか、と宏武は率直な感想を抱いた。

苦手なはずの上司の意外な一面を見てしまったせいで、まだ動揺が続いている。

それは更に彼を苦手になったせいではなく、なぜか息が詰まり、落ち着かない気分になっているせいだった。


足早にビルに戻った宏武は、夜間出入り口に詰めていた警備員に挨拶をする。

彼は時計をちらりと見やり、午後十時半入室、と記録を付ける。

半分居眠りしていた彼はアルバイトで、社員証を見て「お疲れさまです」と宏武に丁寧にお辞儀をした。

「どうしたんですか？」

「鍵を忘れてしまって」

「ああ、大変ですね」

明日から三連休で、大学時代の友人と会って軽く呑《の》んだのだが、うち一人が体調が悪いというので大事を取ってすぐにお開きになったあたりから雲行きが怪しかった。

大人しく解散して帰路に就いた宏武は、重大な忘れ物に気づいた。

よりによって家の鍵をデスクの抽斗《ひきだし》に放り込んで、そのまま忘れてしまっていたのだ。会社にいるときになぜ鞄《かばん》から出したのか、我ながら疑問だった。

大家や管理人がいるようなマンションでもないし、いざというときのために鍵を預けている実家に忘れ物を白状するのはそそっかしい子供みたいで気恥ずかしい。

とはいえ、先日の光景を思い出してしまうから、この時間の会社に戻ることは身構えざるを得なかった。

ようやく八城と接しても、平常心を保てるようになったのに、己の努力を台無しにしたくなかった。

表向きは八城との関係はいつもと変わりないけれど、それでも、時として胸がざわめく。それさえ抑え込めば、完璧だ。

会社は誰もいないのか、廊下を歩いてもしんとしている。

試しに手前の部屋を覗いたが真っ暗で、サスペンドされたままのパソコンの駆動音が、微かに聞こえるくらいだ。

当然社長室も灯《あか》りは消えており、彼らがいないであろうことに宏武はほっとした。

フロアに足を踏み入れた宏武は、凝然《ぎょうぜん》とする。

「…………」

人影があった。

それも今、一番会いたくないと思っている相手の。

「……八城、さん？」

「森沢くんか」

振り返った八城は宏武を見て、声音とは裏腹にいささかばつの悪そうな表情になった。

「一人で……どうしたんですか？」

「田島《たじま》さんのパソコン、調子が悪いそうだから、ひととおり見ておこうと」

八城と同期の田島はパソコン音痴というよりも、きちんとメンテナンスをしないだけだ。

バックアップ一つまともにできないし、いつも他人に任せてばかりいる。だいたい、宏武だったら自分のパソコンを人に触らせるのは絶対に嫌だ。

あれは甘ったれているのだと常々思っていたが、上司だけに文句は言えなかった。

「頼まれたにしたって、もう十時ですよ」

「もうそんな時間か。でも、少しくらい遅くなっても、構わないよ。明日から連休だし」

そういう問題じゃない、と思う。

「……君は？」

「え？」

出し抜けに自分のことを問われて、宏武は眉《まゆ》を顰《ひそ》めた。

「君こそ帰ったんじゃなかったのか」

「あ、忘れ物があって」

会社に家の鍵を忘れただけだ。八城に比べて極めてくだらない事情だった。

「自己管理ができていないな。最近、ぼんやりしていることが多いだろう。疲れているんじゃないのか」

「すみません」

仕事に支障をきたしたつもりはないのだが、上司の指摘には殊勝に同意するほかない。

そもそも宏武が本調子でなかったのは、八城のせいでもある。

そのため、そこを責められると勝手なことに少しばかり腹が立った。

八城が見かけによらず、あんなに色っぽく喘ぐのが悪い。いや、何よりも、あんなところで社長と抱き合うのがいけないのだ。

そう思うと、せっかく閉じ込めてきたものがぶり返しそうだった。

「八城さんこそ、早く帰ったほうがいいんじゃないですか。まだ新婚でしょう」

「君には関係ない」

感情の籠《こも》らぬ声だった。俯き加減の顔の角度と眼鏡のせいで、彼の表情が読めない。

もしかしたら結婚生活が上手くいっていないのかな、と漠然と思う。自宅に帰って晴美《はるみ》と顔を合わせたくないとか。

そもそも八城とて、何か鬱屈《うっくつ》がなければ社長と不倫なんていう危ない橋を渡らないだろう。目の前にいる男の生真面目な顔つきと、不倫というなまなましい言葉がどうしても結びつかないのが、この推理の欠点だけれども。

「立ち入ったことを言って、すみません」

「いいよ」

それきり黙りこくった八城の首に、何かがあるように見えて宏武は視線を落とす。凝視すると、それは真新しい接吻《せっぷん》の痕跡《こんせき》だった。

あの晩の彼の声を思い出す。

甘い、甘い声。

「ここ」

無意識のうちに、宏武は八城の首筋に指先で触れていた。

「え?」

いつもと変わらぬ涼しい顔をして、小笠原がこの白い膚《はだ》にキスをしたのだろうか。

そう思うと、胃の奥で蠢《うごめ》いていたあの感情が込み上げそうになる。

「この跡、社長につけられたんですか？」

今度は自分のうなじのあたりを指さすと、八城が目を丸くした。

「何のことだ？」

虚を衝かれたとでも言いたげな八城の返答は、妙に間が抜けている。

「気づかれてないと思ったんですか。このあいだの、社長室」

「――ああ……誰かがいると思ったけど、やっぱり君だったのか」

少し長めの沈黙のあとに紡がれた言葉は、想像以上にあっさりしていた。

言外の意味を読み取ったはずなのに、平素と変わらぬ調子の八城に、拍子抜けしたのは宏武のほうだった。

あの物言いたげな視線は宏武を認識していたようだったが、完全に自分の気のせいだったとは。

それなら、忘れておけばよかった。びくびくしていたのが、馬鹿みたいではないか。

「それがどうかしたのか？」

その気遣いすら踏み躙《にじ》るような発言に、宏武は眉を顰めた。

「どうって、会社であんなことして……いいと思ってるんですか？」

「僕のプライベートは、君には関係ないはずだ」

「プライベートといっても、社内ですよ」

「無論、会社であういう事態になったのは、反省してる。でも、社員同士お互い干渉し合わないのがうちの社風だ。不快なものを見せてしまったのは悪かったし、謝るよ。すまなかった」

淡々とした声で最後まで述べられ、宏武はぎゅっと自分の右手を握り締める。

そんな突き放すような返答が欲しかったわけではない。

「それとも、まだ何かあるのか？」

八城の言葉をすぐには解せずに、宏武は「え？」と不躾《ぶしつけ》にも問い返してしまう。すると彼は失礼だと指摘することもなく、淡々と続けた。

「たとえば、欲しいものがあるとか」

恐喝する気だとでも思われたのかもしれない。

そのことに、宏武はむっとした。

八城は他人の観察に優れていると思っていたが、そういうことをしそうな男だと、宏武を判断していたのだろうか。だとすれば、ひどい屈辱だ。

何も欲しくない。ただ知りたいだけだ。

真実を。

「躰です」

自分でも驚くくらいに、その言葉は簡単に漏れ落ちた。

「躰？」

「はい。黙ってる代わりに、躰をください」

どうせ卑怯だと思われていたのなら、それに乗っかってやろうではないか。

「それくらいいいけど、僕の？」

繰り返した八城が、皮肉げに唇を綻《ほころ》ばせる。

あまりにも彼らしくない表情に、宏武は目を瞠《みは》った。

いや、自分らしくないのは宏武も一緒だ。

誰かに対する口止めで躰を要求するなんて、卑劣そのものだ。そんな真似をする自分自身に幻滅し、宏武は乾いた声で返答した。

「そうです」

「君、案外物好きだな」

こんな取引は理不尽だと百も承知だ。

なのに、撤回できない。

取り消したくないのだ。

この人の本当の姿を知りたくて、興味を持ってしまっているから。

「男同士だっていうのに……もしかしたら、酔ってるのか？」

「——かもしれない」

あの夜の幻に、自分は酩酊《めいてい》したままなのかもしれない。片時も頭から離れてくれない、淫らすぎる幻影に。

「君はそんなことをしない人間だと思っていた」

淡々と言われて、宏武は一瞬躊躇《ためら》った。

八城に信頼されていたのは嬉しいものの、こうなった以上は、後には引けない。どちらにしたって心証が悪くなるなら、欲しいと思ったものを手に入れてみたい。

これは、最初で最後の賭《か》けだ。

「じゃあ、誰かに知られてもいいんですか？　俺に口止めする必要はないってこと？」

あの場で膚《はだ》を重ねていたのは、誰に知られてもいいという覚悟の表れなのか。

「そうだね。でも、君にこんなかたちで口止めするのは不本意だ。あまり賛成はしたくないな」

八城がそんな捨て鉢な選択をするとは思わなかった。自分から持ちかけたくせに、宏武は信じられないものを目にするような気分で相手を見据える。

まるで、八城が知らない人になってしまったみたいだ。

「奥さんはどうするんですか」

「妻のことは関係ない。それに……お互いには寛容だ」

嘘か真か、その点はわからない。

けれども、八城は本当に妻のことなど顧みていないように思えた。

「じゃあ、お二人がよくても社長は？　困るんじゃないですか」

一瞬、彼の表情が強張《こわば》ったような気がした。

八城が小笠原に迷惑をかけたくないと思っているのだとわかり、胸の一点が疼《うず》く。

これが——八城の弱点、か。

「君だって、べつに男が好きってわけじゃないだろう？　それどころか、女性に人気があって、彼女を頻繁に代えてるとも聞いている」

「そうですけど」

でも、それは今は関係のないことだ。

あのとき感じた熱が、再び躰の奥に宿ろうとしている。

きっと、もうだめだ。

彼に興味を抱いてしまったという事実は、今さら取り消せない。

笑ってしまえるくらいに、理性というブレーキが利かなかった。男同士だというストッパーは、あの光景に行き合ったときから消えていたのかもしれない。

「忘れてくれっていうのは、無理なのか」

「俺だって、できることなら忘れたい。八城さんが忘れさせてくれませんか」

ふっと息を吐き出した八城の目に、諦《あきら》めの光が宿った。

「……仕方ないやつだな」

「俺がどういう人間か、知りませんでしたか」

「少なくとも、仕事のできるいい部下だとは思っていた」

自嘲《じちょう》を孕《はら》んだ口調だった。

「俺も、真面目すぎるくらいだけどいい上司だって思ってましたよ」

要するに、どっちもどっちというわけだ。

刹那、目を伏せた八城の表情に、痛いくらいに欲望を刺激された宏武は狼狽《ろうばい》を覚えた。

「一度だけ……口でするから、忘れてくれ」

八城のそれは、勝手な言い分だった。

だけど、そもそも勝手なのはどっちだったろうか。

自分が見てしまったことを盾に八城を脅す宏武自身と、場所もわきまえずに上司との不倫に耽っている八城と。

宏武の同意を待たずに跪《ひざまず》いた八城は、机にもたれていた宏武の下肢に手を伸ばす。

この角度ならば、ドアを開けても廊下からは二人が見えないだろう。

「仕方ないですね。だったら、手、使わないでください」

それはささやかな意地悪だった。

「……ずるいな」

ベルトの金具とボタンを外すところまでは、宏武は手伝った。

一瞬、顔をしかめた八城はファスナーの留め金を嚙み、顔を下に動かす。

「ッ」

ファスナーが開いた次の瞬間には、いきなり下着の上から舐められて、躰がびくっと震えそうになる。

「なに」

「手、使うなって……君が言うから」

相手は舌を押しつけるように、布越しに熱いキスをしてきた。

うっすらと額に汗を滲ませた八城は、困ったような表情で顔を上げた。

「今だけ手を使っていいか」

「頼み方、なってないと思うんですけど」

この前の社長のように不躾な口調は真似できなかったので、宏武は若干ソフトな言葉遣いになる。

「……手を、使わせて…ください」

「いいですよ」

許可を得た彼は恭《うやうや》しげに宏武の下着を引き下ろし、改めてそれにくちづけてきた。

「…っ」

嘘、だろ。

ねっとりと幹を根元からなぞられるだけで、喉《のど》の奥から声が漏れそうになり、宏武はそれを懸命に堪《こら》える。自分のデスクに寄りかかると、からからと音を立てて椅子が明後日《あさって》の方角へ転がっていった。

見下ろすと彼の小さな頭が視界に飛び込む。

卑猥《ひわい》そのものの眺めに、宏武は思わず凝然とした。

それなりに場数をこなしているはずの宏武でさえも、これほどの技巧を持つ相手にはそうそう出会えない。

「んむ…ッ…」

耐えかねたとでも言いたげな風情で漏れる吐息。行為に没頭するにつれて自然と眼鏡が曇り、彼は邪魔そうにそれを取りのけた。

はっと息を呑む。

レンズに隠された瞳が欲望に曇ると、こんな表情になるのか。

このあいだ遠目から見たものとは、また違う色香がある。

ストイックな顔貌が情欲に蕩《とろ》けた瞬間の驚きを、宏武は忘れることはないだろう。

予想以上の変貌ぶりに気を取られていては主導権を握られると、宏武は急いで口を開いた。

「上手いですね。こういうのも、全部あの人に仕込まれたんですか？」

「……下世話だな」

顔を上げた八城のまなざしは情欲に濡れ、宏武の下腹部がずきりと疼いた。

急速に体温が上がったような気が、する。

「手……どうしても使っちゃいけないのか？」

「どうして」

「使えば、もっとよくしてあげられる」

上目遣いに自分を見上げた八城が、眼鏡を持ったまま舌先で唇を舐める。

上気した頬がやけに艶《なま》めかしかった。

「どうする？」

囁《ささや》くような問いかけに神経が昂《たかぶ》り、自然と喉が鳴った。

「自信があるなら、どうぞ」

ふ、と笑んだ八城は机に眼鏡を置くと、再びそこに顔を埋《うず》める。

もっとよくする、という言葉は本当だった。

「…あむ……ん、んっ……んふ……」

舌遣いが、先ほどまでと全然違っている。手と指の繊細な動きも絶妙だった。

見下ろせば甘い吐息を漏らして奉仕に耽る八城は、ぞっとするほど淫靡な顔をしていた。

いったいどこでこんなことを覚えたのか聞いてみたくなるくらいに、大胆な性技だった。

誰が八城をこんなふうにしたのだろう。

……いや、考えるまでもないか。

先ほど自分で発言したとおりだ。こんなに浅ましくて淫らなテクニックを教え込んだ相手なんて、あの年上の男しかいないに決まっている。

「ッ」

だめだ。

「どうだ？」

顔を上げた八城に対し、返事の代わりに彼の後頭部を摑《つか》む。そして、再び、ねじ込むように自分のそれを咥《くわ》えさせる。皮膚に彼の歯が当たったが、痛みを感じたのは一瞬だった。すぐさま八城が応じ、やわらかく熱い口腔が宏武を包み込んだ。

自分を制御しかねてこんな乱暴な真似をしてしまうほどに、心地よかった。

だが、すぐに八城の好きにさせるほうが快《い》いのに気づき、宏武は自ら動くのをやめる。

顔全体を動かしてねっとりとした快楽を与えた八城は、再び口を離す。それから、唾液《だえき》でぬらぬらと光る性器に唇を寄せ、からかうように、八城が舌先で括《くび》れを辿《たど》る。

だめだ。こんな真似をされたら、もう出てしまう。

「俺、もう…」

「飲むから、口に出して」

せがむように訴えた八城が、再び口内に宏武を迎え入れた。

飲むって……。

「う…んくぅ……ッ…」

劣情が弾《はじ》け、宏武は反射的に彼の頭を押し退《の》ける。言葉どおりに八城は平然とそれを飲み干し、口許《くちもと》を手の甲で拭《ぬぐ》った。

「………」

肩で息をしてぼんやりとうずくまる八城を見ているうちに、宏武は急に我に返った。

「気が、済んだか」

クールダウンしたのは相手も同じようだ。八城の声は掠《かす》れていたが、今の行為の余韻《よいん》は残っていない様子だ。

その淡泊さが、かえって宏武の昂奮の残り火を燃え上がらせた。

もっと知りたい。

この男のことを。

ここで手放したら、きっと、何もかもが終わってしまうだろう。

「まだだって言ったら、最後までさせてくれますか」

勢いに乗った宏武がそう口走ると、八城は微かに眉根を寄せた。

怒らせた、か？

「……趣味が悪い」

呟《つぶや》いた彼は、鬱陶《うっとう》しそうに前髪を掻き上げる。

途端に驚くほど艶めいた表情が垣間見《かいまみ》え、宏武はどきりとした。

こんな顔……するんだ。

「だったら挿《い》れてみるか」

多分に自嘲を孕んだ声で、八城が口許を歪《ゆが》める。味わってみたいという残酷な好奇心はあったが、会社でこれ以上のことをするのは躊躇われた。

「ここで？」

「今日は金曜日だ。あと一時間は、警備員は来ない」

「…………」

「火曜と金曜は、学生のアルバイトだ。彼は資格試験の勉強中で、社員がいるうちは絶対に見回りにこないんだ」

そんなことまで知っているのかと宏武は驚きを覚えたが、深く考える前に八城が畳みかけてくる。

「どうする？」

潤んだ瞳が、宏武を捉える。絡みついて離さない、そのまなざしが。

「どうって……いいんですか、本当に」

最初からそういう人間だと割り切れば気にならないかもしれないが、これまでに性の匂いがまったくしなかった相手だけに、あっさり了承されると逆に戸惑った。

「君の心境なら、毒を食らわば皿までだろう。食わせるのも吝《やぶさ》かではない」

意外な発言だった。いつでも慎重な八城にしては珍しい。

「挑発してるんなら、受けて立ちますよ」

「――気持ち悪くないなら、君の好きにしていい」

呟いた八城は、宏武に背中を向けた。

「気持ち悪い？」

「男同士だ」

自嘲するような声に、宏武は心中で首を傾《かし》げる。

今さらだった。

小笠原とあんなに大胆なことをしていたくせに、そんなことを八城が気にするなんて、考えてもみなかった。

「慣らしたりしなくていいんですか？」

「意外と気を遣うんだな」

「ええ、まあ」

一つ笑った八城は、邪魔な書類をざっと左右に除ける。彼はスチールのデスクに躰を預け、宏武に向けて腰を突き出した。

「考えなくていい、僕のことは。君の好きなようにすれば」

「抱くほうのわがままにも、慣れてるとか？」

布の上から臀部《でんぶ》を撫《な》でると、薄い背中に緊張が走る。それに気をよくした宏武は、彼のスラックスを脱がせた。

「そういう解釈になる」

囁いた八城が、自分の両手で双丘《そうきゅう》を広げる。

「来てごらん」

「……はい」

上着を脱ぎ捨てた宏武は、招かれた部分に自分の性器を押しつける。するとそこが蠢くように広がり、宏武は八城の中にすんなり呑み込まれていった。

眩暈《めまい》がしそうだ。

膿《う》んだような熱を帯びる場所は、弾力に富み、そして繊細だった。

形容詞が、わからない。

蒸れているようなのに、不快感はない。それどころか一途《いちず》なくらいにきつくて、ぎゅうぎゅうと宏武を締めつけて欲しがってくれる。

八城の中がこんなふうになってるなんて、知らなかった。

毒というより、蜜《みつ》じゃないのか。

「く……」

腰を摑んだだけで、汗で湿った膚が手に吸いつくようだと思った。

「どう……？」

「熱い、です」

その言葉に嘘はない。

熱い。そのうえ宏武が押し入ったときの摩擦で擦《こす》れたのだろうか。よけいに熱気が増したような錯覚に囚《とら》われる。

「ふ…う……」

小さく息を吐き出した八城の声は、わずかに震えていた。こうして見下ろすと、首筋も肩幅も、どこもかしこもほっそりとしている。

頑丈という言葉とは、対極にある肉体。

無茶をすれば壊してしまいそうで、突然、怖くなった。なのに、それならいっそ壊してもいいのではないか、などと倒錯的なことを考えて、もっとしてみたくなるのだ。

「……入った」

感極まって、宏武は小さく呟く。

挿れるときは緩いのに、挿入を終わらせた途端に、今度は余裕がなさそうにきつく締めてくる。そのギャップがやけにいやらしく、気を抜くと自分が保たなくなりそうだ。

八城が器用に机上のマウスを押し退け、改めてそこに肘《ひじ》を突いた。

「すごい……」

期せずして、感嘆の声が漏れる。自分の性器に男の襞肉《ひだにく》がやわらかく絡みつく感覚に、額に汗が滲んだ。

「ん？」

息を弾ませ、ぼうっとした調子で八城が問う。

「何で」

「……え？」

「何で……こんな、やらしい……」

混乱しそうになるほど、八城の中は心地いい。ここから出ていくのが嫌になりそうだ。

「いやらしいのは、嫌い…か？」

からかうような声音で尋ねられ、夢中になって腰を使っていた宏武は首を横に振った。

「まさか」

いやらしいというよりも、気持ちいい。八城の肉体が、あまりにも深く宏武を誘うから。

「なら、もっと……深く、して……」

切れ切れにねだる八城は上手く発音できないらしく、声が掠れて妙に卑猥に感じられる。甘い音に性感をダイレクトに刺激され、ますます欲望は募った。

「深く？」

「…奥…まで、して…ほら、ここ……っ」

いいところに当たったのか、八城の声が初めて大きく乱れた。

「八城さん、……挿れられるの、好きですか……？」

「うん……」

好きだ、と八城が吐息混じりに答えた。

「入ってるの、すき……」

うっとりとした調子で告げる様は、どこか頼りなげで幼くすら思えてくる。

「もっと…来て……」

本当に口止めを狙《ねら》っているのかと疑問になるくらいに、八城も快楽という熱に浮かされているようだ。

自分の下で変化する八城に、どうしようもなく見惚れてしまう。

その姿も、肉体も、どちらも自分を惹《ひ》きつけてやまないせいで。

まずい。

これでは逆に、溺《おぼ》れてしまいそうだ。

「いいんですか？」

「何が？」

唐突に現実に引き戻されたとでも言いたげに、彼がまなざしを上げる。

「これじゃ……忘れたり、できなくなる……」

意図せざる言葉が零《こぼ》れる。

だが、それが宏武の本音だった。

八城の秘密に触れてしまった。

自分は八城のことを見誤っていたのだ。

この人はただの堅物でも真面目なだけの上司でもなく、本当は誰よりも淫らな肉体を隠しているのだ。

3

……我ながらペースを狂わされている。

不倫も同性愛もどちらも興味がない。同性愛は主義主張の問題だと思うが、不倫は絶対に許せなかった。

そのうえ面倒なことに深入りする趣味は皆無だったはずなのに、宏武《ひろむ》は八城《やしろ》とさらに二回も関係してしまっていた。

「…………」

あり得ないことだと、宏武はデスクに向かって仕事に没頭する八城の顔を盗み見た。

しかし、レンズ越しに見える彼の表情は沈着そのもので、宏武をいっさい気にしていないようだ。

一度目は強請《ゆす》り以外の何ものでもない。

二度目のときは、卑怯《ひきょう》な真似をしたのを謝罪するつもりで例の晩のことを切り出した。

なのに、「忘れればいいのに、どうして蒸し返すんだ？」とさらりと聞かれて、宏武は真面目に答えてしまったのだ。

——あの夜のこと、忘れられないんです。

宏武の言葉を聞いた八城は、今度は自分から「時間はあるか」と尋ねてきた。

わけがわからないでいると、八城は退社時に宏武を伴ってビジネスホテルへ向かった。

セックスするために彼が機会を作ったのだと思うと昂奮し、頭が冷えるどころかよけいに彼を欲してしまったのだ。

清潔だが、殺風景で狭苦しいツインルーム。

自分の腹の上で跳ねる、八城の白い躰。

——イイ、下から突いて……もっとして。

あられもない言葉でねだる八城の姿は、つぶさに脳裏に刻み込まれた。

いい加減に忘れなくてはいけないのに、いったん関係を持ってみると、それも無理だと思えた。

それほどまでに、ベッドでの八城の変貌は凄《すさ》まじい。

こうして上司の新しい顔を発見してしまうと、彼の仕種《しぐさ》がどれも意味ありげなものに思える。

たとえば、書類を押さえる指の動き一つにも、宏武の視線は惹きつけられた。

何か不思議な力があるのではないかと思えるほどに、八城の仕種の一つ一つに魅せられてしまうのだ。

今も。

書類を繰っていた八城が軽く躰を震わせ、自分の手を一瞬見やる。それから赤い舌をちろりと出して自分の人差し指を舐めた。

——あ。

書類で指を切ったのだろうが、指を微かに回して角度を変えて舐《ねぶ》る様は、ひどくいやらしいものに受け取れた。

だめだ、どうかしている。

八城もおかしいが、自分も別の意味でおかしい。

あまりにも非常識すぎる八城の言動と、その周囲の人間関係に当てられて、宏武の判断力も狂ってしまったのかもしれない。

「なに、森沢《もりさわ》。ぼーっとして」

同僚の益田《ますだ》に話しかけられて、宏武は「何でもない」と浮かない顔で答えた。

「すっきりしない顔してるなあ」

「地顔だよ、これが」

相変わらず、仕事中の八城はクールの一語に尽きた。キーボードの打鍵《だけん》スピードはいつもと変わらず、てきぱきと案件を処理している。

無論、宏武も仕事にはいつも以上に真摯《しんし》に打ち込んでいるつもりだった。

八城との関係が仕事の支障になると思われることが、癪《しゃく》だったからだ。

それくらいに、宏武は彼を意識していた。実際、もし八城との関係が宏武の仕事に何か影響を及ぼせば、八城は自分を軽蔑《けいべつ》するに違いない。

「八城、ちょっといいか」

他の研究員に話しかけられて、八城が顔を上げる。清潔な顔で談笑する八城が、昨日は宏武に繋がれてあられもなく啼いたことを、誰も知らないだろう。

もっとも、八城は宏武の言いなりになっているわけではない。

むしろ、情事のペースは八城に握られている。

八城は愛撫《あいぶ》や前戯というものを拒絶し、宏武が必要以上に触れることを極端に嫌がった。挿入はよくても彼は頑として後ろからの体位しか許さなかったし、中出しなどもってのほかだった。だけど、そうしたものは些細《ささい》な点だと思えるくらいに、八城は淫らで宏武を満足させた。

でも、会社の誰もがそんな八城を知らない——小笠原《おがさわら》以外は。

そう思うと、奇妙な優越感があった。

そのくせ、男同士のセックスに馴染《なじ》んでいく躰とは裏腹に心は宙ぶらりんだ。

なぜだか、満たされないのだ。

躰だけの関係になった女性は今までにもいる。なのに、そのときはこんなに虚《むな》しい思いに駆られることはなかった。

けれども、相手が八城だと勝手が違うのだ。

同僚と話を終えて再びディスプレイを覗き込んだ八城は、少し疲れているように見える。そろそろ昼休みにしてもいい頃だったが、まだ休まないのだろうか。

社員たちが次々に仕事を中断する中、宏武は意を決した。

「八城さん」

彼の傍らに立った宏武は「何？」と訝《いぶか》しげに顔を上げた八城に、緊張しつつ話しかけた。

「飯、行きませんか？」

宏武からの意外な提案に、同僚が驚いたようにこちらを見つめている。それをものともせずに上機嫌に笑んだ宏武を見て、八城は「蕎麦《そば》でもいいなら」と穏やかに答えた。

「はい、お願いします」

秋にしてはやけに暑い日で、陽射しのためかアスファルトの照り返しが眩《まぶ》しい。

会社から徒歩で数分のところにある蕎麦屋は、適度に混《こ》んでいた。

名前は知っていたが、初めて訪れる店だ。天麩羅《てんぷら》が旨《うま》いと同僚が話していた気がするが、あえて食べにいくきっかけがなかった。昼時にさっぱりとしたものを食べたいという発想が、これまでの宏武にはなかったからかもしれない。

二人で店の前に並ぶと、急に沈黙が重いものになってのし掛かってきた。こうなるとさすがに会話がないのも不自然で、宏武は無理やり口を開く。

「蕎麦、好きなんですか？」

「うん」

それだけで会話が終わりそうで、宏武はなおも続けた。

「全然気づかなかったです」

「火曜と木曜は蕎麦だ」

そんなことを決めているとは思わなかった。

友達でも何でもない相手の、日常生活に関するデータ。

上司の情報は必要最低限が頭に入っていればよく、個人的なことは知らなくてもいいと昔は思っていた。特に、八城について知りたいと思ったことは一度もない。

だから、今、こうして彼のことを聞きたがる自分の気持ちが不可解でもある。

「蕎麦はどんなのが好みですか？　ここだったらやっぱり天麩羅とか？」

折しも天麩羅を揚げるいい匂いが、順番待ちのサラリーマンが並ぶ屋外にまで漂っている。

「ああいうのは苦手だ。食べるなら、とろろ蕎麦とか」

なるほど、と宏武は首肯した。

渋いけれど八城のイメージにはしっくりくる。

「そういう感じです。八城さんって、植物っぽいし」

宏武の言葉を聞いて、八城は微かに目を細める。

「あれ、すみません。俺、何か変なこと言いましたか？」

「そうじゃない。君は肉食っぽいと思っていたから、おかしかっただけだ」

「俺？　確かに蕎麦だったら鴨南蛮《かもなんばん》とか好きですけど、でもどうして？」

それどころか何でもありな蕎麦屋だと、カツ丼など平気で頼んでしまうのが常だ。

「よく焼き肉屋に行ってる」

想定外の指摘だった。

正解なのはさておき、どうして知ってるんだろう。

「すみません、もしかして匂ったりします？」

慌てる宏武をおかしそうに見やり、彼は肩を竦めた。

「そうじゃない。抽斗《ひきだし》に、もらった割引券を放り込んでるから」

「――よく見てますね」

「デスクが近いから、目につくんだ。抽斗にしょっちゅう鍵を入れてるし、前々から忘れないのが不思議だと思ってた」

本当に、それだけだろうか？

宏武は全然意識していない、単なるルーチンだ。

仮に八城と目が合ったところで、気に留めたことはなかったから、彼が自分をじっと観察していることさえ知らずにいた。

そう思うと、照れくさくなる。

「今日も鍵、抽斗に入れてただろう？　だからこの前みたいに取りに戻る羽目になるんだ」

あの夜は、鍵の話をしたか記憶にない。

けれども、時折見られていたという事実に、なぜか胸が疼いた。

何もなかったところから特別な気持ちが生まれるのは、案外よくあることかもしれない。

今、それを実感しつつある。

「――俺のこと、どう思ってるんですか？」

面倒な脅迫者か。それとも嫌な部下か。

八城にしてみればどちらも大差ないだろうが、あえて聞いてみたかった。

自虐的だ。

「さあ」

「さあって、考えたことないんですか？」

「考えたところで仕方がない。君は君だよ。ともあれ、早くほとぼりを冷ましたほうがいい」

あんな真似を何度もしておいて、ほとぼりが冷めるわけがない。

自分たちの関係は、少しずつこれまでと違うやり方で構築されつつある。これは他の同僚には入れない、特殊な関係だ。

そう思った宏武がもっと八城について質問を重ねようとしたところで、店員が戸口から顔を出して二人に声をかけた。

「いらっしゃいませ。お二人様、相席でよろしいですか？」

「結構です」

頷く八城の顎《あご》から耳にかけてのラインに、妙な色気を感じかけたが、宏武はそれを振り払う。

四人席に案内されて、八城とは隣り合って座ることになった。

「ご注文はお決まりですか？」

「冷やしとろろ蕎麦」

「鴨南蛮」

ほぼ同時に告げる。

ただ、違ったのは。

冷やしとろろ蕎麦を注文したのが宏武で、鴨南蛮にしたのが八城だったことだ。

草食と肉食なのに今日に限って組み合わせは逆で、それに気づいた八城が唇を綻ばせた。

「…………」

無防備な表情が、新鮮だった。

笑うとこんなふうに目許が和むのか。眼鏡越しでも、近くで見ているからこそはっきりとわかる。

その新発見が嬉しくて、宏武の心は自分でもそうとわかるほどに浮き立ってくる。

八城と一緒にいるのがこんなに楽しいとは想定外で、宏武は複雑な気分になった。

セックスなんてしなければ、遅かれ早かれ彼とはこういう関係になれたのだろうか。

「忘れられそうか？」

出し抜けに話を振られて、熱いほうじ茶を飲んでいた宏武は顔を上げる。

「何？」

「このあいだのこと」

「いえ……全然」

その言葉を聞いた八城は、「君も物好きだな」と呟く。

「どのあたりがですか？」

「最近、よく話しかけてくる」

物好きなわけじゃない。

一度気になりはじめたら、止まらなくなっただけだ。

視線で八城を追いかけてしまう。それだけでは飽き足らなくなり、こうして彼と会話を交わしている。

そして何よりも不思議なのは、八城が自分を嫌っているようには見えないことだった。

「八城さんと話をしたいって思ってるだけです。俺に対する心証、悪くなりましたか？」

「もしかして、査定が心配?」

宏武の変化の原因について、八城はまったく違うことを思いついたらしい。

「そうじゃないです」

「僕は君の勤務態度と実績でしか評価しないから、気にしなくていい」

きっぱりと切り離されて、宏武は黙り込む。まさに、言葉の接ぎ穂がない。

「それに……君は、自分が考えているよりずっといいやつだと思う」

「俺が?」

そんなふうに都合のよすぎる回答をもらい、驚きに声が上擦《うわず》った。

「うん、たぶん」

「どうしてたぶんなんですか?」

「第一に、僕が他人の感情の機微《きび》を読み取るのが不得手だからだ」

「いや、十分得意だと思いますよ。チームのみんなに心を配ってると思いますし」

「単なる模倣だ」

八城の返答はシンプルだった。

「模倣って、誰の?」

「僕が優しいと思える人たちの。君もサンプルの一人のつもりだった」

意外だが、八城らしいといえば極めて彼らしい発想だった。

けれども、八城はある一点において間違っている。

「俺は優しくないですよ。優しかったら、八城さんのことだって……」

こんな真似をしてまで触れようとしなかったはずだ。なおかつ、その肉体の甘さに惹かれて深みに嵌《はま》りかけている。つまり、最低な人間として烙印《らくいん》を押される条件は十二分に揃っていた。

「誰にだって長所と短所がある。君が思うほど君は悪い人間じゃないし、僕は君が思うほどいい人間でもない。それだけのことだ」

淡々とした言葉からは、八城の真意までは到達し得ない。

「……哲学的ですね」

「そこまでのことじゃないよ。単なる経験則だ」

「口止めするためなら、俺以外にもああいうこと……しますか?」

「見られたのは君だけだ。だから、他の人間にどうするかはわからない」

あっさりとした、いかにも八城らしい返答だった。

「じゃあ、俺だけ?」

何を期待してそんなことを聞いてしまうのか。

宏武だけだと、言ってほしい。わけもなく、そんな思いが湧《わ》き起こってくる。

「……………」

具体的には答えず、八城はただ微笑するばかりだ。

そのどこか優しげとすら思える八城の表情に、宏武はなぜか安堵《あんど》を覚えた。

ほうじ茶の注《つ》がれた湯飲みを持った八城の左手の薬指には、マリッジリングが光っていた。いつもだったら見過ごしているのに、今日に限って見咎めてしまった理由が、自分でもわからない。

途端にお茶が喉に引っかかるように思えて、喉がぐっと鳴った。

「……来週は出張だったな」

何でもないことのように、八城がするりと切り出した。

「はい。明太子でも買ってきますか?」

「うちはお土産は買わない決まりじゃなかったか?」

「そう、でしたね」

どこか揶揄する調子の八城に対して宏武は苦笑し、それから大ぶりの湯飲みに残っていたほうじ茶を一気に飲んだ。


一泊二日の九州出張を終えた宏武は、気になっていた仕事があったので一度会社へ戻ることにした。時刻は午後八時過ぎだが、データを引き出してくるだけならすぐに帰れるはずだ。

本来なら最終の飛行機で帰るつもりだったが、予想よりも早く仕事が終わったうえに運良く振り替えできるチケットで、想像以上にスムーズに帰京できた。

現在、諸事情から宏武の部では、よほど珍しい地域に行かない限りは、部内の人間にお土産を買ってくる習慣はない。それでも八城にだけはつい手土産を買ってしまったので、机の上にでも置いてくるつもりだった。

もともと宏武はお土産なんて、買うような柄じゃない。おまけに自分と八城は、そんなものを交換する関係でもなかった。

なのに、時間が余って土産物店をうろうろしていたときに、パッケージを見たらつい手が伸びてしまい、躊躇いつつも精算を済ませていた。

機内でこれをどう渡すかを悶々《もんもん》と考えているうちに、買ったときの高揚感は消え失せていた。それで、手渡しは避けて机の上にこっそり置いてくるという消極的な作戦に出ることにしたのだ。

自分でも、よくわからない行動だ。

このあいだ、蕎麦屋で彼との会話が弾んだことがよほど嬉しかったのだろうか。

職業柄、対象物の分析は得意なはずなのに、自分自身に対しては上手くいかない。

そう思いつつ地下鉄からの道を急いでいると、「森沢？」と訝しげな声をかけられた。

「あれ、八城さん」

横断歩道を息せき切って渡ってきた八城は、まじまじと宏武を見つめている。

「どうしたんだ？　出張じゃなかったのか」

「帰ってきたんです。ちょっとやっておきたい仕事も残ってて」

宏武はにこりと笑ってから、「あ」と呟いた。

八城へのお土産を、今、この勢いで渡してしまえばいい。それなら、気恥ずかしくなさそうだ。

「これ、お土産です」

思いついた瞬間に、躰と口が動いていた。

「お土産？　でも、それはやめたはずじゃ」

紙袋を押しつけられて、八城は首を傾げる。

「皆にじゃなくて、八城さんにです。蕎麦饅頭《まんじゅう》なんですけど」

宏武が言い添えると、八城はますます怪訝そうな顔になった。

「僕に？　どうして？」

「蕎麦好きだから。パッケージも何だか綺麗《きれい》で、こういうの、好きかと思って」

「ありがとう、だけど今日は帰ったほうがいい」

一応は礼を告げたものの、八城の返答は端的だった。

「え？」

「疲れているんだろう？　そんなときに仕事をするよりは休んだほうがましだ」

「…………」

まさかそんな忠告をされると思わず、宏武は目を見開く。

とはいえ上司に心配されているのは面はゆく、つい虚勢を張ってしまう。

「大丈夫ですよ。まだ若いし」

「顔色が悪い」

彼は一言だけ言って、宏武の躰を押した。

「このあいだも咳《せき》をしてた。風邪の引き始めは、無理をしないほうがいいんだ」

そんな気遣いを示されると照れくさくなる。

頭を掻いた宏武が「じゃあ、疲れが取れたらデートしてくれませんか」と言うと、彼は一度目を瞠り、それから「考えておく」と素っ気なく答えた。

「え、デート、いいんですか？」

「いや……デートというのは間違っている。だいたい、君とはもう外で会ってるよ」

どこか途切れがちに、考えながら八城は告げる。

あれをデートと言えるならそれすらも嬉しく、「はい」と宏武は笑んだ。

4

「森沢《もりさわ》くん」

呼び止めた小笠原《おがさわら》の声は低く、聞き惚れるような理想的な声質だ。

「最近、八城《やしろ》くんと上手くやっているようだな」

同僚と廊下で立ち話をしていたところで小笠原に声をかけられ、立ち止まった宏武《ひろむ》は「はい」と臆《おく》せずに答えた。

社長と気軽に話ができるのは、この会社の規模がさほど大きくないことと、オープンな社風ゆえだった。小笠原は社員一人一人のデータをきちんと把握しているらしく、顔を見ると気楽に話しかけてくる。

「嬉しいよ。瑛《えい》は人見知りするほうで、部下と気安く接するタイプじゃないだろう？　心配だったんだ」

瑛、と彼がごく自然に名前で呼んだことにはっとしたが、小笠原には特に他意はないようだ。彼はにこやかな笑みを浮かべ、宏武を見下ろしている。

つまり百八十を越える宏武よりも長身というわけだ。彼の世代にしては、恵まれた体躯《たいく》だろう。

これまで小笠原に対しては、微かな羨望《せんぼう》さえ思える相手としての認識しかなかったが、八城のことを匂わされると急に胃が痛くなってきた。

この人と自分は、八城を共有しているのだ。

そんな何ともいえない緊張感が押し寄せてきたためだ。

最近は八城との関係を構築するのに夢中で、ずっと小笠原の存在を忘れていたのに、急に現実に引き戻された気がする。

「………」

言葉に詰まって思わず黙りこくった宏武に、傍らにいる同僚が狼狽えたように「おい」と脇腹のあたりを小突いた。

それを機に顔を上げ、宏武は無理やり爽やかな笑顔を作る。

「――八城さんには、いろいろ教えていただいています、すごく丁寧に」

「そうか」

小笠原の深みのある美声が、鼓膜をやわらかく擽《くすぐ》った。

「ありがとう。これからも瑛と仲良くしてもらえないか？」

礼を言われる筋合いなんてない。社内の誰と個人的に親しくしようと、八城や宏武の勝手だ。社長が面倒を見ることでもない。

だが、彼の言葉に裏があるかどうか探りたくなるのは、疚《やま》しいところがあるせいだった。

「上司と部下なら、それなりに円滑につき合うのは当然のことです」

「上司と部下、か」

聞き咎めたのか、そこだけ反芻《はんすう》した小笠原が小さく笑う。

──気づかれている、のか……？

無論、あり得ないわけではなかった。

いくら八城が嫌がるので前戯をしないと言っても、弾みで背中やうなじにキスをすることくらいはある。そうなれば当然八城の躰には痕跡が残るし、小笠原がそれを目にすることもあるだろう。

八城との不毛な関係をやめられない宏武を、小笠原がどう思っているのか知りたかった。

そして、肝心の八城は何を考えているのだろう。

八城をもっと知りたい。抱くだけでなく、彼の心情がどんなものかも読み取りたい。

そう思って昼食もしばしば八城と摂るようになり、残業帰りに呑むこともあった。

けれども八城は何かあると薄く笑むばかりで、答えをくれない。問い詰めたくても最後にはホテルに連れ込まれて、なし崩しのセックスで誤魔化されてしまう。

では、小笠原はどうして八城と抱き合うのか。

八城の躰と相性がいいのかもしれないが、それだけではないように思えた。

だが、考えても無駄なはずだ。

自分自身の気持ちでさえも不明瞭《ふめいりょう》だというのに、他人の気持ちなんてもっとわからない。

社長に詰問するのも、立場上難しい。今の自分は、ただの間男でしかないのだ。

わかるのは、八城を抱いたあの日から、たとえようのない感情が心中にずっとわだかまっていることくらいだ。

「君みたいな優秀な部下がいると仕事がスムーズだと、八城くんも言っている。これからもよろしく頼むよ」

今度は呼び方を姓に変え、仕事の話を持ち出す。今さら褒められても、あまり嬉しくはなかった。

「頑張ってくれ」

唇を歪めた小笠原が、すれ違いざまに宏武の肩をぽんと叩いていった。

愛人を寝取られたところで一向に意に介さないと思《おぼ》しき悠然とした態度に圧倒され、宏武は去りゆく彼の背中をぼんやりと見つめてしまう。

小笠原は、特別な人物だ。

ふてぶてしく尊大で、それでいて才能に溢れている。

会社でことに及ぶなんて八城の都合をいっさい斟酌《しんしゃく》しないで、そのうえ辱めるように八城を抱いていた。そんなことすら、八城は許しているのだ。

といっても、八城に無体なことをしているのは宏武も同罪だ。

それどころか、地位も何も持っていないぶん、何かあったときに自分は八城を庇《かば》えない。

小笠原に負けているのだ。

ならばせめて、肉体だけでも宏武に溺れてくれればいい。

小笠原よりもずっと深く、彼を酔わせてみたかった。


その日宿泊したホテルのツインルームは狭苦しく、普段泊まっているビジネスより少しはましという程度の代物だ。

当日予約のプランで、空室が多いせいかびっくりするほど安価だったので文句はない。

「んく……ッ……」

落とした照明の下、八城がベッドの前に跪き、宏武の下半身に顔を埋めている。

先にシャワーを浴びたいと言われたが、宏武はそれを許さなかった。

昼間、小笠原との会話に苛立《いらだ》ちを抱き、八城に今夜会いたいとメールを送った。ちょうど一仕事終わったこともあり、彼は密会を拒まなかった。

本当は話をしたくてホテルにしたのに、上目遣いに自分を見つめる八城を目にして、理性が吹き飛んだ。「君もしたいだろう?」と唇を舐めながら言われると、怒るより先に我慢できなくなった。自分でも、つくづく情けない。

あの蕎麦《そば》饅頭に深い意味はなかったけれど、この体たらくでは、八城は宏武の意図を誤解しているかもしれない。

宏武が、こういうことのためだけに八城を気にかけていると。

だとすれば、すごく淋しい。

宏武としては八城ともっと深く知り合いたいのに、彼と一緒にいると思春期の少年のように欲望ばかりが先に立ってしまうのだ。

舌が疲れるであろうほどに長く奉仕をさせていると、八城が顔を上げる。

「もう……」

口許を唾液で光らせる八城の顔つきは、ひどく淫らだった。

「挿れてほしい?」

「……ああ」

挿れられるのが好きだと最初に彼が言ったのは、事実だった。

愛撫も前戯もいらないと、抱くたびにやんわりと拒まれた。だからこそ、彼にはキスさえしたことがない。恋人同士でないから、キスにはよけい抵抗があるのかもしれないが、少し時代錯誤な思考にも感じられた。

「本当に好きなんですね、八城さん」

揶揄するように言うと、八城が睨みつけた。

「僕の性癖に、問題あるのか？」

「いえ。――どんな体位がいいですか？」

ベッドに上がった八城は無言で後ろを向き、肘を突いて自分の腰を突き出した。

「また、後ろから？」

バックからされるのがよほど好きなのか、八城はいつも後背位を望む。逆に言えば、それ以外を宏武に許すことはなかった。

「前からはしてほしくないんですか？」

「それ…だと……」

何とか言葉を吐き出し、彼は唇を震わせた。

「え？」

「……冷める」

「何がですか？」

よく、意味がわからなかった。

八城はものごとを懇切丁寧に説明するほうではないので、こういうふうに宏武が理解しきれない事態は多々ある。

今日もそれだろうか。

「わからないなら、いい」

笑んだ八城が肩で己の上体を支え、自分の手で双丘を広げる。

「まだです。ちゃんと、感じさせたい」

「いらない」

このやり取りは、一度や二度ではなかった。

触ったりしなくてもセックスで感じるからと、彼に何度か言われていた。

でも、できればきちんと手順を踏んで丁寧に扱ってみたい。無論、そうでないほうが感じるのであれば仕方ないけれど、試しもせずに引き下がるのは嫌だ。

「あ！」

前に手を回して男の性器に触れると、八城が声を上げた。驚いたことに、そこは先走りでぐっしょりと濡れている。

以前ならば触れることさえ躊躇われたはずなのに、相手が八城だとそうすることに何の違和感もない。それどころか、彼がひどく可愛く思えてしまう。

「感じてるじゃないですか」

宏武をしゃぶっているだけでここまで感じたのかと思うと、とても嬉しくなる。

「うるさい……」

鬱陶しそうに言った八城が、乱暴に手を振り払おうとする。珍しく強硬に抗《あらが》われて、宏武は戸惑いを覚えた。

どうして？

挿れられて悦《よろこ》ぶ過敏な躰なのだから、あちこちを弄《いじ》ればもっと感じるはずだ。

恥ずかしがっているのなら、それを忘れるくらいに感じさせたかった。

「んっ……よせ……」

そこを扱《しご》いてから、今度は彼の尖《とが》った胸の突起にも触れる。途端に、八城の声の艶が増した。

「あッ」

「嫌です」

囁いた宏武は、乳首を軽く弄りつつ男の首筋に唇を押しつける。

殊更《ことさら》白いわけでもないのに、男のうなじに微かな跡が残る。

小笠原はどういう気持ちで彼にくちづけ、徴《しるし》を残すのだろう。八城だって小笠原になら濃厚な前戯も許すのか。

そう考えると、八城の肉体の隅々にまで触れたいという欲望がますます募った。

小笠原には、負けたくない。

自分の手で、小笠原以上の快楽を与えてみたい。

「っく……ぅう……」

膚を探っていると、押し殺した八城の喘ぎが鼓膜を擽る。

気持ちよくなってほしい。

触れあうことで生まれるのが、熱以上のものであってくれたならば。

もっと啼《な》かせて、喘がせてみたい。

結局自分のものにならないのならば、彼の決めたルールから逸脱したっていい。嫌われたところで、痛くも痒《かゆ》くもないのだから。

なのに、突き放した思考とは裏腹に罪悪感が蛇のように胸中をのたくった。

喘ぐ八城は綺麗だが、思った以上に辛そうで、苦しめてしまっているようだ。

これ以上、彼の嫌がる真似はできそうにない。

「挿れて、いいですか？」

「だから……早く、しろって……」

喘ぐように訴える八城の声に、一気に欲望が煽《あお》られる。

欲しい。

言われたとおりに背中から彼を抱くと、思い切ってそこに自分自身のものを沈めた。

「あ…ッ」

途切れそうなほど微かな声で、八城が悲鳴を上げる。

「ごめん、」

「…いい、から…そのまま……」

振り向かずに訴えた八城の指が、震えている。シーツを摑む指、その腕がこんなに細かったのだと気づき、はっとしてしまう。

「八城さん……」

痛い。

本来ならば痛みを覚えるのは八城のほうであり、こちらは快感を得る側だ。

なのに、じくじくと疼くように、宏武の胸も痛む。

痛むのは繫がって締めつけられた部分ではなく、血肉に埋もれ、彼と離れているはずの心臓だった。

心と躰がばらばらになる。

抱けば抱くほど、何かが遠のいていくように思えた。

「八城さん……八城さん……」

その名を呼びながら、宏武は激しく八城の肉を抉《えぐ》る。どこまで激しくすればこの痛みを忘れられるのか、知りたかった。

とはいえ、欲望を解消したからといって、心まですっきりするわけではない。

この関係から抜け出せない自分を嫌悪し、情けなさすら覚えた。

本当だったら、もっと優しいやり方で八城を存分に感じさせたい。何度でも達《い》かせてあげたいのに、素直にそう表現することも許されない。

そうしたら最後、八城からこの関係を終わりにされる可能性もあった。

できることなら、募るばかりの感情を八城に叩きつけてしまいたい。

まだ名前のないその思いを。


「……次から、ああいうのはなしにしてくれ」

ことを終えたあと、八城に次いで宏武がベッドルームに戻ると、彼は掠れた声で言った。

戻ってきたときにはいないかもしれないと思っていたので、宏武が身仕度を終えるまで待っていてくれたのは想定外だ。

「ああいうこと?」

「僕にべたべた触ったりするのは」

前戯をするなという意味だろう。

八城の頬は上気しているが、目許はどこか眠そうな気怠《けだる》さを孕んでいる。

「聞こえないのか?」

「いえ……聞こえてます」

前戯はいらないと常々言われる理由を聞いてみたいが、それを問えば知りたくない答えが返ってきそうな気がする。

これ以上八城のことを知らずにいるのは、宏武にとっても望ましくはなかったが、彼との関係を終わりにするのも嫌だ。

「でも、それなら、次もあるってことですよね？」

揚げ足を取っているかもしれないが、嬉しくなった宏武が問うと、途端に八城はばつが悪そうな顔つきで黙り込んだ。

年上の男が見せる迂闊《うかつ》な態度が可愛くて、宏武は思わず唇を綻ばせる。

「どうして笑うんだ。嫌になったのか」

「まさか」

即答してから、宏武は首を振った。

「次があるって言ってもらえたのが、嬉しい」

「………」

「俺は八城さんがよくなるところを見たいんです。だから、もっと触りたい」

ここまで無防備な表情を八城が見せるのは、宏武に対して取り繕うのが面倒になったせいかもしれない。

「とにかく。こっちも君と同じように仕事があるんだ。少し加減してくれ」

加減の必要なんて、八城に限ってはなさそうだ。

どう考えても宏武並みにタフだし、もしかしたらそれ以上かもしれない。

話を逸《そ》らすその態度に、深追いしないでくれというシグナルを感じ取っても、そう簡単には引き下がれない。

「そのことと、俺が八城さんに触ることへの因果関係はないと思いますけど」

「……そう、だな」

古ぼけたデスクの前にある椅子を引き出し、それに座り込んだ八城は小さく呟いた。

ネクタイを外し、ボタンも二つほど緩めているせいだろうか。

頬から顎にかけてのラインが頼りなく見えて、またしても、宏武の胸は締めつけられそうになる。

見つめているうちにまた彼を抱きたくなってきたものの、宏武はその衝動を何とかやり過ごした。

しっかりしろ。欲望に流されていては、すべてが台無しだ。

今は、八城ときちんと話をするチャンスなのだから。

「じゃあ、別の質問をしてもいいですか」

「内容による」

八城は欠伸《あくび》を噛み殺し、退屈そうに口を開いた。

「どうして社長とああいうことをしてるんですか？」

「どうしてって？」

心底不思議そうに問い返され、宏武はそちらにこそ動揺した。

「だって……不倫でしょう」

自分のことを棚に上げて問うと、八城は細い眉を寄せる。

「社長が？」

「あなたがですよ」

「……ああ」

意外なことを聞かされたとでもいうように、八城は苦笑した。そのときまで、自分が既婚者だと忘れていたとでも言いたげだった。

「大したことじゃない。そう言うなら、君だって僕の不倫に荷担してるだろう」

淡々とした八城の言葉に、宏武は何も言えなくなった。確かに、自分だって小笠原と大差ないことをしている。

返す言葉をなくして黙すると、それに気づいたらしく、彼が続けた。

「――僕が、ただ……淋しいと思うときに、あの人がそばにいてくれた」

八城の唇から、『淋しい』という単語が漏れるのはひどく意外に思えた。

彼にそんな情動があるようには見えなかったからだ。

「淋しいって、いつのことですか？」

「子供のときだ。それこそ中学生だよ。僕が通ってた塾のバイトの講師だった。それから、母があの人を気に入って僕の家庭教師になって……」

「へえ」

頭の中で年齢差を計算すると、だいたい十歳前後だろうか。大学院を考慮に入れると、そうそうおかしいことではなかった。

でも、まさか中学生のときに手を出されたのか。

それに気づいたらしく、八城は微かに「違うよ」と笑った。

「寝たのは高校生のときだ」

「え」

それはそれで問題はあると思うのだが、八城はその点にはもう触れなかった。

「とにかく、そこで終わるはずだったから、社会人になって再会したときは驚いた。あっちも僕を覚えてるなんて思わなかったし、面影なんて消えてると思ったのに……」

追想に耽るその穏やかな声に、宏武の心臓は破裂しそうなほどに激しく脈打つ。

……好きなんだ。

たぶんこの人は、小笠原のことを本気で好きなのだろう。

でなければ、小笠原に嬲《なぶ》られるように抱かれることを是と受け容れたりはしないはずだ。

宏武の持ち出した取引にも応じたのも、小笠原を守るため。後ろから挿れてほしいと願うのも、もともと女好きの小笠原に、男の身でも抱いてもらうためか？

そう思うと、苦しさが増した。

「奥さんと結婚したのは、社長が望んだからですか？」

「そうだけど、妻も望んだことだ」

だが、そこに八城の意思があるとは言わないのだ。

どうして彼の言いなりになっているのかと思ったが、そこまで踏み込む権利は宏武にはない。

「どうせ、何もかも目くじらを立てるようなことじゃない」

「…………」

「僕にとっては、どうでもいいことだ」

そうか。

八城はこうやって、何の感慨もなくすべてをやり過ごしているのか。

こうして触れあうことも、宏武に脅されたことも、二人きりの時間を持つのも……何もかもが。

思わず脱力しそうになり、宏武はそんな己の甘ったるさを内心で自嘲した。

ショックを受ける理由なんてないはずだ。

最初から、この人は他人のものだとわかっていたのだから。

——だったら、やめるべきなのだろうか……？

端的に考えて、八城は酷《ひど》い男だ。

宏武だって悪いところは多々あるが、八城はその上をいく。たとえば、会社の上司及び後輩と不倫なんて、常軌を逸している。

なのに彼は、それが平気なのだ。良心の呵責《かしゃく》というものがない。

サンプルを観察しつつ振る舞っている、他人の感情の機微《きび》がわからないという言葉は、じつは本当なのかもしれない。

ベッドサイドに腰掛けたままの宏武は顔を上げて、傍らに佇《たたず》む八城を見つめた。

突然、宏武の腹の虫がきゅるきゅると騒ぎだした。

着替えを済ませた八城が、首を傾げる。

「腹、減ったのか？」

「……ええ、まあ」

我ながら歯切れの悪い返答だった。

「何か食べて帰ろう。それくらいの時間はあるんだろう？」

「また蕎麦ですか？」

ラーメンはともかく、この時間でも開いてる蕎麦屋なんて見つかるかどうか。

「君のおかげで、このところずっと毎日蕎麦饅頭だった。たまには別のものがいい」

八城の返事を聞いて、宏武は煩悶を忘れて思わず噴き出しそうになった。

それに、彼があの饅頭を食しているところを想像すると、ついおかしくなる。

と、そこで上着の胸ポケットに突っ込んであったスマートフォンが震える。

「ちょっと待ってください」

宏武がそれを取り出すと、ディスプレイには姉の名前が表示されていた。

「もしもし？」

『もう、やっと捕まった！』

弾んだ声が受話器の外にまで響きそうだ。

「何？」

『何、じゃないわよ。食事会、ちゃんと覚えてる？』

「誕生日くらい、覚えてるよ。メールも返信したし」

そういえば、例の食事会が再来週に迫っている。調子のいいことを言いつつすっかり失念していたが、前日にはメールで通知する設定にしてあったから、不安はない。

『直接、最終確認しようと思ったのに、何度電話しても留守なんだもの』

「悪かったよ。土曜日の六時にラドリックのフレンチだろ？　わかってるって」

適当に挨拶を告げて電話を切ると、少し離れたところで腕組みをした八城が待っている。

「すみません、お待たせして」

「いや……彼女？」

躊躇いがちに吐き出した言葉に、宏武は内心で首を傾げた。

「声、聞こえてましたか？　姉です。再来週、土曜日に母の誕生日をするんで」

「わざわざ集まって？　ご家族の仲がよくて羨ましいな」

「それほどでもないですよ」

宏武は苦笑した。

「でも、家族の誕生日なんてこの歳《とし》になるとなかなか祝ったりしないだろう」

「うちは父が亡くなってるんで……一人暮らしの母の気晴らしになればって思ってるんです」

「優しいんだな」

……嘘だ。

本当に優しい人間が、上司を脅して抱いたりはしないだろう。

こんな関係を続けることもない。

「君を見習って、僕も何かしないといけないな」

八城の言葉に、宏武は眉根を寄せる。

「その日、僕のところもちょうど結婚記念日だ」

さすがにそれは、どう答えればいいのかわからなかった。

沈黙が訪れ、ベッドに座っていた宏武は「行きましょうか」と立ち上がる。

「でも、髪」

「え？」

しんなりと濡れた宏武の髪に、同じように立った八城が触れる。

こうして触れられるのは、初めての気がした。

「乾かしていかないと、風邪を引く」

「いいですよ。八城さんだって、腹減ってるでしょう」

「僕はまだ平気だ。君のほうが動いているから、腹が減ったんじゃないかと思って…」

だから、乾かしていけと繋げるつもりだったのだろう。

その台詞《せりふ》が中断されたのは、今度は八城の腹の虫が遠慮なく騒いだせいだ。そのことに宏武は噴き出し、八城が照れたように頬を染める。

「………」

こういう関係になる前も、気が合わないからといって嫌いになれなかったのは、たぶん、普段の八城のさりげない気遣いを好ましく思っていたからだろう。

お互いにいいところも、そして悪いところもある。

人が相手によって見せる顔が違うのは当然で、八城が宏武にだけしか見せない顔があればそれでいいのではないか。

たとえ彼が小笠原と関係を持っていたとしても、妻がいたとしても、自分がこの異常な関係の中で八城に惹かれているのは事実なのだから。

ふと。

何とも言い難い衝動に駆られた宏武は手を伸ばし、八城の頬に触れた。

このまま力を込めて引き寄せればキスできる。

その唇に触れたい。

自分の気持ちを表すにはそれが一番しっくり来るように思えるのに……なのに、その一歩を踏み出せない。

「森沢くん？」

怪訝そうに自分を見つめる八城の瞳に、吸い込まれていきそうだ。

宏武は躊躇いつつも手を離したが、八城から目を逸らせなかった。

淋しいときに宏武こそがそばにいてやれれば、八城は自分を選んでくれたのだろうか。

唐突にそんなあり得ないことを考えてしまい、宏武は凝然《ぎょうぜん》と目を見開く。

どうしたって言うんだ。こんな気持ち、完全に逸脱してしまっている。

馬鹿馬鹿しい。そんなわけがない。自分は、八城から得られる快楽に目が眩《くら》んでいるだけだ。

それでも理性では自分の行動を制御できず、宏武は思わず八城を抱き締めていた。

「八城さん」

自分でも失笑したくなるくらい、切羽詰まった声だった。

「何？」

わからない。どうして抱き締めているのか。どうして、触れているのか。

弱味を見せれば、自分は脅迫者でさえいられなくなってしまう。

それとも、もうとっくにそんな関係ではなくなっているんだろうか。

「痛いよ」

微かな声で彼が訴えたものの、宏武はしばらくそうして八城を抱き締めていた。


食欲が、ない。

宏武が屋上でパンを囓《かじ》っていると、そこに益田《ますだ》がやって来た。

「よう」

益田は自炊派で、毎日飽きずに弁当を作ってきている。宏武にも一度くらいどうだと勧めてくれるのだが、生憎《あいにく》、宏武はその気にはならない。

「隣、いいか」

「いいよ」

一人になりたかったが、益田はよけいなことを言わないから、問題はないだろう。

「おまえ、最近、八城さんと仲いいのな」

前言撤回だ。最初から益田は、よけいな発言で宏武をぎょっとさせる。

「え、いや……仲いいってほどでもないけど」

「よく一緒に昼飯食ってるじゃないか。このあいだも、帰りがけに二人で歩いてるの見かけたし」

「え」

どこを見られたのかと、宏武は背筋が冷たくなるのを感じた。

「三丁目のカフェのところだよ。俺、あそこでカノジョと待ち合わせしてたんだ」

「……へえ」

そのまま二人がホテルに入ったところまでは見られていなかったようだと、宏武はほっと胸を撫で下ろす。

「八城さんだって一応新婚なんだから、ちょっとは遠慮してやれよ」

「確か一年くらい経ってないか？」

「そうだけどさ」

新婚と呼ぶには時間は経ったと指摘し、宏武は続けた。

「あのさ」

「ん？」

自分よりも長くこの会社にいる益田ならば、何か有益な情報を知っているかもしれない。

「八城さんの奥さんって、どういう人？　俺、転職したばかりで顔しか知らなくて」

「ああ」

益田は大きく首を縦に振り、それから思い出すように腕組みをした。

「見た目はいいよね。でも、八城さんとはあまり合わない気がしたなあ……。普段から特に仲がよさそうでもなかったし、結婚するって報告されたときはみんなものすごく驚いたよ。まさに電撃婚で」

「社内で隠していたんじゃないか？」

「それにしたって接点がないだろ。社長の秘書とリサーチャーだ」

確かに、と宏武は首肯する。

「それにさ……ここだけの話」

益田は密《ひそ》かに前後左右に視線を巡らせ、周囲に人がいないのを確認した。ずいぶんもったいぶったやり口だ。

「社長とできてるって噂があったんだ」

「…へえ」

まさか、八城が社長とつき合っているのは公然の噂だったとは。宏武は拍子抜けしてしまった。

「何だ、驚かないのか？」

「いや……社長は……ゲイなのか?」

念のため宏武が躊躇いがちに確認すると、益田はぷっと噴き出した。

「は? 違う違う。奥さんのほうだよ。おまえ、すごい発想だな」

「あ、そっちか」

よかった。八城と小笠原の関係はほかの社員には知られていないのだと、宏武はほっとする。

だが、妻が社長のお手つきだったらそれはそれで問題だ。

「社長は確かにいろいろ派手だけど、社員に手を出すようなタイプじゃないから、よけい、噂になったんだよ」

「でも、どういうことだ?」

「簡単だろ。面倒になったから八城さんに引き受けさせて尻ぬぐいさせたってこと」

ずきりと心臓が痛くなった。

心が苦しく、重くなってくる。

「あ、いや、これ、ただの噂だからな?」

宏武の反応が妙なものになったのに気づいたらしく、益田は慌てて訂正してくる。

「うん、わかってる」

落ち着いたほうがいい。

そんな無責任な噂に踊らされたところでいいことは何もない。

だが、それならば、八城の家庭に対して淡泊な様子にも合点がいった。

「益田、おまえ、八城さんのことどう思うんだ？」

「いい先輩だよ。才能もあるし、すごい人だ」

「そっか」

「でも、ちょっと底知れなくて怖いと思うときがあるよ。なんかいろいろ機械的っていうか……」

益田の返答を耳にした宏武は、曖昧に同意する。

皆は、心の奥底で八城ならやりかねないと思っているのかもしれない。

彼ならば、小笠原の命じるままに晴美《はるみ》と結婚しかねないと。

それは、自分には見えていなかった八城の一面なのだろうか。あれほど知りたいと思っていた真実の一つなら、ひどく残酷な結末だった。


「くそ……」

せっかくの休日なのに、欠片だってやる気が出なかった。

八城との関係も落ち着いているといえば、落ち着いている。八城に会いたいけれど、週末は彼の妻のものだ。だけど、いろいろな情報を入れるとどうしたって釈然としない。

コンビニエンスストアで出来合いの弁当を買って、溜めていた洗濯物を片付けて……掃除機をかけたら夕方になってしまうだろう。

ニュースもそこそこに、宏武はため息をつく。

「あ」

着信の合図が聞こえ、宏武はスマートフォンを取り上げる。緩慢にメールを開封すると、大学時代の友人からだった。

曰《いわ》く、結婚式をするけど出られるか——という内容だった。出席できるなら、追って招待状を送ると書き添えてある。

無論、旧友の門出を祝いたい気持ちはあるため、日程さえ許せば招待を受けるつもりだった。

結婚、か。

その二文字を噛み締めると、しみじみと虚しさが押し寄せてきた。

ままならない感情を抱いて一人で空回りしていることへの虚しさだ。

つくづく、八城という存在は得体が知れない。

名前、住所、電話番号、メールアドレス、学歴、会社、仕事内容。

知らないことのほうが少ないと思えるくらいに、宏武は八城の表面上のデータを収集し尽くしていた。

なのに、そんなデータを羅列したところで、彼の核心には到達し得ないのだ。

何を思っているのか、どうしたいのか、そんな単純なことでさえわからない。

それが、ひどく歯がゆい。

弁当を食べ終えた宏武はそのごみをコンビニエンスストアの袋に詰めて口を縛り、ソファに座り直した。

目を閉じて思い出すのは、例の現場を目にしてしまったときの八城のまなざし。

縋《すが》るような訴えるような、そんな目線。

あの目には何も意味がなかったのだろうか。

たとえば、助けてほしいと思っていたとか、そういう意味ではないのか。

それは宏武の都合のいい解釈だとわかっていても、それでも、記憶を抹消し得ない。

上手くいくわけのない二人だったと、諦めてしまえばいい。

諦められるのなら、いっそ、そうしてしまいたかった。


火曜日と木曜日は、蕎麦の日。

暗黙の了解で、この日は八城と昼食を摂るのが習慣だ。

それがわかっていながらも、宏武は火曜日に蕎麦を食べにいかなかった。

今日、木曜日も適当に弁当を買って済ませてしまい、今はこうして屋上でぼんやりしている。天気がよすぎて陽射しが強いせいだろうか。屋上には、誰もいない。喫煙所代わりに使う者もいないので、ここはだいたい空《す》いている。このあいだ、益田と鉢合わせたのも滅多にないことだった。

「…森沢くん?」

唐突に声をかけられ、宏武ははっと顔を上げる。

八城だった。

「八城さん、昼飯は」

「戻ってきたところだ」

蕎麦屋に行ったと仄《ほの》めかされ、宏武は驚いた。

「……早いですね」

「うん」

ここにいると、このあいだの益田との会話を思い出してしまって気分が重くなる。

八城の事情に深入りしては、だめだ。

そう思う一方で、関係を持つ相手のことを何も知らないのはおかしいとも考えてしまう。

結局、八城にはどうしてほしいのか自分でもわからない。

「このところ、誘ってこないんだな」

「え」

「飽きたのか？」

そういうわけじゃない。宏武はありのままに答えようとして躊躇った。

心と躰は直結しており、その悩みが解消されないと八城には触れられないのだ。

その無言を、八城は誤解したらしい。

「だとしたら、残念だな。僕はもう少し君と遊びたかったんだけど」

心臓を抉られるようだ。

こんな言葉を聞きたかったわけじゃない。遊びなんていう、こんな残酷で冷淡な台詞を。

それは、いきなりの決定打だった。

もう、無理だ。だめに決まっている。

これ以上八城と関わるのは、宏武には限界だ。

突然、宏武はそう悟った。

最初から自分の中には八城に対する好意なんてなかったし、あったのは苦手意識だった。

なのに、躰の関係が先にできてしまったから、勘違いしたのだ。

八城を、好きかもしれない——と。

だから、こんなに焦《じ》れったかった。八城のことが気になって仕方がなかった。

本気になりかけていたからこそ、どうすれば現状打破できるか思い悩んでいたのだ。

でも、もう潮時だ。

ここで冷静にならなくては、破滅するのはきっと宏武のほうだ。

「――気が済んだからです」

喉の奥に、声が引っかかっているみたいだ。そんな無様な発音しかできなくて、この局面では締まりがなさすぎると自嘲した。

「何が？」

「俺もやっと忘れられそうです、あの日のこと」

虚を衝かれたらしく一度大きく目を瞠った八城は、「そうか」と短く応じ、続けた。

もう、平素の声だった。

「ちょうどよかったよ」

突き放すように、八城は宏武の肩を押して身を離した。

「八城さんも、忘れてくれますか？」

「もともと、そのための取引だ。何の異論もない」

動揺など微塵《みじん》も感じさせずに、八城は薄く笑う。

「君には愉《たの》しませてもらった。これで五分五分、遺恨はないはずだ」

「ええ、ありません」

これでいいんだ。

八城の言葉が、真実を裏づけている。

たとえ宏武が八城を好きになったとしても、この気持ちは一方通行だという厳然たる事実を。

八城にとっては、あくまで契約を果たしただけ。それ以上の関係になるのは、不可能だ。

だから、傷が浅いうちに断ち切ろうというのは間違っていないはずだ。

始まりが突然ならば、終わるのも一瞬。

こういう終焉《しゅうえん》が、二人には相応《ふさわ》しかった。

5

「なあに、宏武《ひろむ》。機嫌悪いのね」

心配そうな母の顔を見て、半ば上の空だった宏武ははっとする。

このところ仕事が忙しかったせいもあるのだが、八城《やしろ》のことを考えると複雑な気分になり、心が安まらなかったのだ。

今日だって、せっかくのお祝いなのに自分はぼーっとしている。

いや、今日だけじゃない。

八城に別れを告げたときからずっと、自分は心ここにあらずといった調子で、同僚や上司からも心配されている。

無論、皮肉なことに当の八城からも。

「感じ悪いわよ。せっかくのお祝いなのに」

「ごめんごめん」

姉と母に次々と言われて、宏武は軽く頭を下げるふりをする。それからワイングラスを口に運び、アルコールで唇と舌先を湿らせた。

「ごめん、仕事が忙しくて」

宏武の言い訳を聞き、銀行に勤務する義兄はそうだろうとでも言いたげに頷く。

「そういえば残業が多いみたいね。躰《からだ》、大丈夫なの？」

「平気だよ。ちょうど昨日、一仕事めどがついたところだから」

母の誕生日を祝うために開かれた食事会は、姉夫婦と宏武の三人で主役の母を囲んだ。

フレンチは嫌いでないが、久しぶりだと胃もたれしそうだ。

八城の好みに合わせ、このところ草食動物みたいな日々を送っていたせいもある。

あれから、あっさりと終末は訪れた。

二人の関係は、まるで何もなかったように上司と部下に戻った。

以前のように肉体関係を持つことはなかったが、打ち合わせがてら、一緒に昼食や夕食を摂る機会はなくならなかった。互いに望むと望まざるとにかかわらず、同じ職場にいればそういう事態が起きるのは仕方がない。

だから、ピリオドを打ったはずなのに、何一つ忘れられずにいる。

もう、やめよう。八城は別の相手のものだ。たとえ妻から取り上げるのに成功したとしても、まだ、小笠原《おがさわら》という障害がある。どうあっても、宏武に勝ち目はない。

なのに、まだ彼のことが心を占めている。

こんなことは初めてだった。

いつもならば、どんな女性が相手でも別れるときはさほど未練がなかった。少なくとも、ここで手を放してしまえば二度と会えなくなるといったような危機感はない。

それなのに、八城は特別だ。

手を放したことを、未だに後悔している。

覆水盆に返らず、後悔先に立たず。

そんなことわざを思い出して気が滅入るのも、一度や二度ではなかった。

好きになりかけていたくらいで、こんなふうに後悔に苛《さいな》まれているのか。

「転職してから大変なんじゃないか?」

義兄の言葉に、宏武は首を横に振った。

「宏武、ちゃんとご飯は食べてたの?」

さすがに一人暮らしを始めて何年目になると思っているのか、と宏武は若干呆れかけた。

「食べてるよ。そのうえ、上司がベジタリアンってくらいに草食だから、一緒に飯になるとシンプルでバランスのいい食事ばっかりだった」

「あら、いいじゃないの」

八城はあまり肉食が好きでないらしく、淡泊な食事が中心だ。野菜が好きだけれど、コンビニエンスストアのサラダは買わないほうがいいなどと言われ、普段無頓着《むとんちゃく》な八城にしては細かいことを気にする、とおかしくなった。

思えばあれも、ものごとに鈍感で他人の機微《きび》に疎い八城なりの、バランスの取り方なのだろうか。

「本日のメインでございます」

メインはジビエだ。このところ八城の影響で血の滴るような肉を食べていなかったので、こういうこってりしたものは久しぶりだ。

カトラリーを手にした宏武は、何気なくフロアに入ってきた二人連れの姿に目を留める。

「！」

信じ難い偶然に、心臓が飛び跳ねた気がした。

小笠原だ。それからあれは——おそらく、八城の妻の晴美《はるみ》だ。

どういう、ことだ？

胃の奥がきりきりと痛くなってくる。

上司と、その元秘書だ。

何らかの交遊が続いていたとしても当然なのだが、それにしたって、彼らの接点である夫の八城がいないというのは不自然だった。

しかも、小笠原はやけに親しげに晴美と接している。

「んもう、宏武」

姉に軽く脚を蹴られて、宏武は我に返る。

刹那、窓際のテーブルに座した小笠原と目が合い、反射的に目礼してしまう。

微かに笑んだ小笠原は、何事もなかったように視線を逸らした。そのせいか、晴美は宏武に気づいていないようだ。

「知り合いでもいたの？」

「うん、社長」

それを聞いて、姉は目を丸くする。

「小笠原さんが？　挨拶しなくていいのか？」

有名人である小笠原を知る義兄が気を回してくれたが、宏武は首を振った。

「大丈夫だと思います。あちらもプライベートなので、声をかけないほうが」

「……それもそうだな」

彼らがここにいるということは、八城も合流するのだろうか。

そういえば、八城が今日は結婚記念日だと言っていたじゃないか。

結婚記念日に、上司も交えてお祝いか？

シャンパンの栓を抜く音に前方を見やると、小笠原と晴美の席でソムリエがサービスをしている。

彼らのテーブルにセッティングされているのは、きっかり二人ぶんのグラスとカトラリーだとわかった。

つまり、あの席に八城が来ることはない。

彼らはわかっていて八城を仲間外れにしているのか、それとも秘密のデートなのか。いずれにしても、お祝いをすると言っていた八城はいい面の皮だ。

――噂どおりに、八城は利用されているのではないか。

そうであれば、八城が妻のことを話すときに、やけに他人行儀であることも頷けた。

小笠原や宏武と寝るときに、不倫という意識がなさそうなことにも。

こんなふうに裏切られていたとしても、八城は小笠原が好きなのだろうか。

あまりにも不公平だ。

美味しい果実を味わうのは小笠原だけで、八城だけが人生の苦味を味わうなんて、間違っている。

「…………」

無論、八城も八城だ。

自己主張をはっきりしなければ、一生体よく利用されるのがおちだ。

それとも、それでいいと思っているのかもしれない。

無論、八城が利用されるだけで終わるような人間には思えない。けれども、八城の本質なんて、宏武にはまだ見えていない。本当の八城は流されやすいだけのただの淫乱かもしれないし、もしくは情に脆いのかもしれない。あるいは、ただの淋しがりやという可能性だってあった。

だから……知りたい。

彼が自分に対して抱く気持ちくらいは、確かめてみたい。

本当に、すべてがただの口止めだったのか。躰を重ねていくことで、情は湧かなかったのか。

今の宏武のように、少しでも自分のことを気にならなかったのだろうか？

少なくとも、自分ならばこんな夜に八城を一人にしたりしない。

理由は、極めてシンプルだ。

どうあっても自分が八城を好きだからだ。

好きで、好きで、忘れられなくなっていたからだ……。

「宏武、どうしたの？　緊張してるの？」

「いや」

喉が焼けつくのは、ワインのせいだけではなかった。

会いたい。

会いたくてたまらない。

この腕できつく抱き締めて、自分のものにしてしまいたかった。

そうしたら最後、もう後戻りできないと知っていたが、構うものか。

「……俺、帰っていいかな」

一応は遠慮がちに、それでも断固とした意志を持って宏武は切り出した。

「え？　だって、まだチーズもデザートも来てないじゃないの」

姉が怪訝そうに問う。

「ごめん。ちょっと会社でやり残したことがあるの、思い出した」

訝しげな表情で、姉は宏武を見つめている。

「社長を見てたら思い出したのか？」

義兄の言葉に、宏武は曖昧に頷く。間違ったことは言っていないつもりだった。

「…ごめん」

「いいわよ、宏武は甘いものは苦手だし、それに社長さんがいたら居づらいわよね」

さすがに我儘《わがまま》だとわかっていながらも唇を噛む宏武を見て、母は軽やかな声で笑った。

「でも、こんなときまで仕事優先なんて……」

「何かに夢中になっているほうが、人生が充実していていいじゃないの。それくらいの気概があったほうが私も鼻が高いわ」

姉はなおも「でも」と躊躇っている。

「いいわよ、家族なんだから」

母は極めて鷹揚だった。

「親しき仲にも礼儀ありって言うわよ」

「だって、宏武がこんなに真剣な顔していること、滅多にないわよ」

悪戯《いたずら》っぽく笑む母に「埋めあわせはちゃんとするよ」と言い切る。

「平気よ、来年に倍返しにしてくれれば」

宏武は口許を拭うと、そのまま席を立った。

出ていく直前に誰かの視線を感じたが、宏武は振り返らなかった。

きっと、その主は小笠原だ。

彼がどんな顔をして自分を見つめているか、わかるような気がする。

でも、躊躇することはなかった。


八城の自宅の最寄り駅を知っていたので、宏武は一気にそこまで向かった。それから改札口の近くにある柱に寄りかかり、八城にメールを送った。

——会いたいから、駅に来てください。

そんなメールをいきなり受け取り、八城は戸惑ったようだ。

結婚記念日でもさしたる予定はない、だけど、会う義理はないはずだ。

切れ切れにそんな内容のメールが届き、はじめは取りつく島もなかった。

しかし、自分でも笑ってしまうくらいに、宏武はしつこかった。

何度かメールのやりとりをして、最後に根負けしたように了解のメールが届いたのだ。

無論、八城が宏武につき合う義理は、欠片もない。

だけど、どうしても来てほしかった。会ってほしかった。

自分の中で一度広がってしまったこの気持ちを、何とか伝えたくて。

伝えたところで迷惑がられるとわかってたが、奇妙なねじれの中にいる八城に手を差し伸べ、救い出したかった。

自分の鈍さには、つくづく腹が立つ。

いつから気持ちが変わっていたのかわからないけれど、もっと早くこの感情に気づいていれば、八城に別れを切り出さなくて済んだのだ。

「……森沢《もりさわ》くん」

「八城さん」

息せき切ってやってきた八城は、セーターにジーンズというラフな服装のままだった。額には汗が滲み、吐き出す息が真っ白なのが、駅の煌々《こうこう》とした灯りの下でよくわかる。

よほど慌てて出てきたのだろう。羽織ったコートは通勤用で、彼の身につけたジーンズとはちぐはぐだった。

「どうした？　まさか、データを消したとか？」

「そうじゃない」

仕事の話をするために呼び出したと思っているのか。

二人の関係は完全に終わって、プライベートでは何もないと言われているみたいで、胸が締めつけられるようだった。

こんなに真面目で一生懸命で可愛い人との関係を、断ち切れるはずがない。

彼を裏切っている小笠原と晴美が、どうあっても許せなかった。

握り締めた拳《こぶし》に、ぎゅっと力が籠る。

「話があるんです」

緊張感から、平板な声になった。

「わざわざ？」

「はい」

俺にして。ほかの誰かじゃなくて、自分を選んでほしい。

そうすれば、宏武は八城だけを見つめて、彼を幸せにできるよう最大限に努力するから。

そう、伝えたい。

「どこか、入ろう」

「じゃ、そこに」

駅前のカフェはやや混んでいたが、ちょうど客が入れ替わったおかげで、すぐに二人ぶんの席を確保できた。

「で、用事って？」

宏武のカプチーノに振りかけられたシナモンの匂いが、あたりにほんのりと漂う。

対する八城はエスプレッソだった。

一気に飲めるエスプレッソにして、手早く話を終わらせたいのではないか——そう思えて今度は焦ってしまう。

「あの、今……平気でしたか？」

「それを先に聞くべきだな。一人で家にいたし、本を読んでいたから問題はない。突然だったから少し驚いたくらいだ」

やはり、彼は一人きりで過ごしていたのだ。小笠原と晴美が会っているあいだに。

「——こんなこと言えた義理じゃないのはわかってます。でも……これから、本気で俺とつき合ってくれませんか」

「は？」

少なくとも、このような場所でするような話ではないことはわかっていた。

でも、待てない。

誰も自分たちのことを気にしていないはずだと、宏武は真剣な顔で八城を見つめた。

「最初に脅したことを、後悔してます。本当にすみませんでした」

「あれは合意だったし、べつに怒ってもいないし、気にしてもいないよ。それに、もう嫌だと言ったのは君のほうだ」

「すみませんでした。俺は最初からやり直したいんです」

「だから、僕には…」

言いかけた八城の言葉を、強引に遮る。

「いいんです。僕はあなたの何か……特別な存在になりたい。それは無理ですか？」

八城が持ち出したいのは妻のことか、小笠原のことか、それとも、他人の感情をろくに理解し得ない八城自身の欠点か。

それらはもう、どうだっていい。

「だいたい、今日は奥さん、どこにいるんですか？　結婚記念日なんでしょう」

「……いきなり直球だな」

「すみません」

さすがにデリカシーがなかったかと、宏武は謝罪を口にした。

「事情も何も知らないのに、こんなこと言ってすみません。でも、俺……あなたが好きです」

「今夜も酔ってるんじゃないのか？　今、彼女がどこにいようと関係ない。僕は結婚してるんだ」

言葉とは裏腹に、彼の冷えきった左手がテーブルに置かれた宏武の手に重ねられる。

「関係ないっておかしいでしょう。あなたの妻なのに」

「…………」

触れたリングの感触が、とても冷たい。

彼の手も、まるで凍えているかのようだ。

できる限り八城の手をあたためてあげたいという衝動に駆られるのは、単なる同情ではない。もっと強い、真っ直ぐな情熱の結実だった。

「君こそあの夜のことを忘れたんじゃないのか」

淡々とした言葉を浴びせられても、宏武は怯《ひる》まなかった。

「忘れてたら、そもそもここにも来ません」

「勝手だな」

「……すみません」

今日の宏武は、謝ってばかりだった。

「でも、そういうところ、君はとても素直でいい。羨ましいくらいだ」

いきなり褒められて、宏武は目を瞠った。

答えに窮している宏武を尻目に、八城は淡々と続けた。

「振り回されることには慣れてる。僕は誰かを裏切ることも裏切られることも、大して気にしていない。妻がどうしようと、それで構わない」

「じゃあ、淋しくないんですか？」

「淋しいと言えば、君が慰めてくれるのか？」

眼鏡越しに宏武をじっと見つめ、八城が問う。

「はい」

力強い返答に、八城は一拍置いてから口を開いた。

「…僕がどんな人間であっても？」

引っかかる問いだったが、そこで躊躇っていては先に進めないとわかっている。

八城は難関だ。複雑だし、正直に言えば、よくわからないところのほうが多い。

けれども、そんな彼を好きになってしまった。

だから、こうなった以上は、腹を括《くく》るほかないのだ。

「まだ、知らないところがたくさんあります。だから、教えてください」

「答えを聞いてない。どんな相手か知らなくても、君はそれでも好きになれるのか？」

八城は論理的に宏武を追い詰めたが、ここで引き下がるわけにはいかない。

「誰にだって、相手によっては見せる面と見せない面があるでしょう。俺は、できるだけたくさんのあなたを見たいんです。それが、俺の好きって気持ちです」

「君から見て、おかしいんだろう？　後悔するはずだ」

「してもいい」

宏武の言葉を聞いて、八城は眉を顰める。

「思い切りがいいんだな」

「それだけが取り柄ですから」

返答を聞いた八城は、困ったように唇を綻ばせる。初めて見る表情だった。

「言っておくけど、宏武」

初めて名前を呼ばれた。

「僕は君が思っているよりも、ずっとずるい男なんだ」

「たとえば？」

「たとえば、そろそろ飽きてきた中年の愛人を捨てて、新しい若い男が欲しくなったから、君に手を出した」

露悪的な表現だった。

小笠原は確かに中年男だったが、宏武から見ても憧《あこが》れるような歳の取り方をしている。決して醜悪でも何でもない。

「…………」

彼の言葉が単なる比喩なのか真意なのか、宏武にはわからなかった。

「僕から見れば、君みたいに若い相手を罠《わな》にかけることなんて簡単だよ」

しかし、観察しなければ情緒を解し得ない八城がそこまで狡猾《こうかつ》だとはどうしても思えなかった。彼は、自ら泥沼に踏み込みかけている宏武を案じ、突き放そうとしているだけだ。

そう信じたかった。

「そんなふうには思えません」

「じゃあ、仮にそれが事実だったらどうする？　僕を責めるか？」

「責めたりしません」

宏武は力強く断言した。

「言ったでしょう。俺はあなたを理解したいんです」

「僕を？」

「あなたがどんなにモラルに外れていても、それでもいいんです。それでも、俺はあなたのことが気になる。あなたが好きなんだ」

「――おめでたいな」

ため息のあとに告げられたのは侮蔑《ぶべつ》ではなく、呆れたような調子の言葉だった。

「あなたが好きだ」

周囲に気づかれぬよう、押し殺した声で宏武はもう一度訴える。

「君は快楽に負けてるだけだ。僕だって、自分がそれなりにテクニックがあることくらい知ってる」

「じゃあ、本当に負けてるかどうか、確かめるチャンスをください」

それが錯覚なのかどうかを。

八城がチャンスをくれたら、宏武の勝ちだ。

嫌いな相手に、きっかけをくれるわけがないのだから。

「……わかった」

逡巡《しゅんじゅん》の後に、八城が頷いた。


幸い駅前のホテルに空室があり、遅い時間だったにもかかわらず広めの部屋を取れた。

シャワーを浴びているあいだに、気が変わった八城がいなくなったらどうしようか。

密かに宏武はそれを案じていたが、先にバスを使った八城はソファに腰掛け、ミネラルウォーターを飲みながら宏武を待っていた。

「すみません、待たせて」

「ほっとした顔だ。いなくなってると思ったとか？」

「いえ」

図星を指されて、宏武は口を噤《つぐ》む。

「逃げないよ。こんな日に、君と過ごすくらいだ」

「――社長と、八城さんの奥さんって……まだ、関係あるんですか？」

思い切って気になっていたことを質問しても、八城は顔色一つ変えなかった。

「うん」

さらりと肯定されて、宏武のほうが焦ってしまう。

妻も夫も一人の男と浮気をしているというのは、あまりに深すぎる泥沼だが、八城には悲《ひ》愴感《そうかん》がまるでない。

「べつに、いいよ。――君が淋しさを忘れさせてくれるんだろう？」

「……はい」

「今、目の前に君がいる。僕を欲しいと言ってくれている。それで十分なはずだ」

この角度では、八城が口を開くたびに、彼の赤い舌が蠢くのが見える。

あの舌で彼は宏武のものを捉え、何度も愛撫してくれた。その記憶を、拭い去れない。

「でも」

往生際悪く会話を続けようとする宏武の腕を摑み、八城は首を振った。

「おしゃべりはもういい」

「わっ！」

そのまま押し倒されて、宏武は驚きに声を上げてしまう。

至近距離で眼鏡を外し、それをサイドボードに置いた八城が嫣然《えんぜん》と笑った。

「八城、さん……」

「してほしいか？」

躰の位置を変えて宏武の膝のあたりに座る八城に上目遣いで見られて、昂奮が炎のように燃え上がるのがわかった。

植物的で感情が見えない人形みたいだと思っていたが、上気した頬がとても艶《なま》めかしい。

「いえ」

「どういう意味だ？」

不審げに眉根を寄せるその表情が、どこか子供っぽくて可愛かった。

「今日は、俺がするって意味です」

「えっ⁉」

囁いた宏武は油断しきっていた八城の躰をあえなく反転させ、タオル地のバスローブのベルトを緩めた。

「してあげたいんです」

風呂上がりで下着をつけていないため、八城のそれが露になる。

「だめだ、君は……」

「男相手だってできますよ」

確かに行為に対する抵抗感は宏武の中に多少は残っていたが、恥ずかしそうに目を伏せた八城の顔を見るとそれも吹き飛んだ。むしろその表情に煽られ、自然とそこに顔を寄せていた。

軽く摑んだ性器の中ほど、幹のあたりにそっとくちづける。

「っ」

途端に身を竦ませた八城の反応が嬉しく、できる限り快《よ》くしてあげたいという願望が湧き起こった。

「だめだ……」

「だめじゃないです」

自分も持っているものに舌を這わせるのは、不思議な感覚だった。

「…あっ…ん、ん……」

だが、それ以上に宏武の与える感覚に身を捩《よじ》り、打ち震える八城が新鮮で。

「やめ…もう……」

もっともっと、いろいろな顔を見たい。

最初はぎこちなくくちづけるだけだったが、八城の反応が変わってきたので宏武はだんだん大胆になった。舌で付け根から尖端にかけてをざらりと舐め上げると、八城がぴくんと躰を震わせてシーツを摑んだ。感じているのだ。

「……はあ…ッ……」

次第に硬度を増してくるものを今度は口腔に含むと、八城がどこか満足げにため息をつく。また口から出して飴を転がすように舐め、容赦なく追い上げている。やがて少しずつ滲んできた特有の味さえも、愛しいと思えるようになっていた。

「……ふ」

宏武を押し退けようとしながらもそうできず、両肩を摑んだまま恥ずかしそうに震える八城が本当に可愛かった。

これからは、彼の零す蜜を味わうのは宏武だけでいい。

「ん…もう……放せ……」

「いいから、出してください」

いったん顔を上げて囁いた宏武が力強い舌遣いで八城を追い込み、暴発寸前のそれを口に含む。

「……んー…ッ…」

八城は小さく躰を震わせて白濁を放った。

意を決して口中に溜まった液体を呑み込む。

「もう、気が済んだか？」

肩で息をした八城がそう言ったが、宏武は首を縦に振らなかった。

「だめです。もっと、あなたを教えてもらわないと」

熱っぽく言い募った宏武は、八城の気が変わらないうちにその躰にキスを落としていく。

男同士の愛撫のセオリーなど知らないので、自分の欲望に忠実になるほかない。

八城の仄白い躰には、当然、乳房などあるわけがない。触ったら感じるだろうと思えるのは性器や首といったところくらいで、あとは探っていくほかない。

だから、硬い躰のラインを掌《てのひら》で丹念に辿り、できるだけ丁寧に唇や舌で味わう。

八城の反応が変わるところがあれば、そこをじっくり責めるつもりだった。

「八城さん……」

熱っぽく名前を呼ぶと、「瑛《えい》だ」という掠れた答えが返ってくる。

「瑛さん」

舌の上に載せると、その音はいっそう甘美さを増す。

八城は全身が火照っているらしく、いつしか膚がしっとり湿っている。くちづけているうちに汗の味が舌先を刺激したが、その塩辛さも今や媚薬《びやく》並みだ。

「瑛」

「ん……」

もっともっと、味わいたい。追い詰めたい。

焦れたように躰をくねらせる八城の躰でも特に目立つのは、今日はまだ触れていない乳首だ。

このあいだよりも丁寧に触れれば、もっと感じてくれるのだろうか。

「ッ!」

恐る恐るひときわ目立つ突起の一方を噛むと、八城は短く声を発して上体を仰《の》け反《ぞ》らせた。

顕著な反応に驚き、宏武はがばっと身を起こして頭を下げる。

「あ、すみません!」

「いいよ……気に、しないで」

八城がくすりと笑って、宏武の髪を撫でた。その仕種だけで躰がもっと熱くなり、ボルテージが上がっていく。

今度は舌先でそっと舐めて転がすようにすると、「あっ」と八城が小さく声を上げた
「あ、あ……それ……」

どうやら乳首でも感じてくれるみたいで、宏武はほっとする。

「…しつ…こい、もう…っ…やめ……」

せっかくなら両方を責めようと舌と指を駆使し、我ながら感心するほどねちっこく執拗に弄っていると、八城が焦れた様子で身を捻《ねじ》った。

「いいから、もう」

先ほどから粘り強く舐め続けたせいで、八城の乳首は濃い色味になったうえにぬらぬらと濡れて光っている。

「何が？」

「欲しいんだ。君ので嬲《なぶ》って……酷くして」

ねだる言葉の直接的な激しさに煽られそうになりつつも、宏武は冷静を装って尋ねた。

「そういうのが好きですか？」

「言ったろう？　僕は酷い人間だって。それくらいがちょうどいいんだ」

嘯《うそぶ》いた八城は、宏武の腰にねだるように自分のほっそりした脚を絡め、交差させた。

「罰されたいんですか？」

「それも好きだ」

とろりと蕩けそうなくらいに笑った八城が、濡れた瞳で宏武を見つめるから、体温がもっと上がってしまう。

ひっきりなしにこみ上げる欲情に頭がくらくらしてきて、自制できなくなりそうだ。

「じゃあ、後ろからじゃなくて……前から、させてください」

「それが、君の罰なのか？」

からかうような声に、宏武は首を振る。

「好きだから。あなたがぐちゃぐちゃになるところを、見たい」

宏武が言い切ると、八城は一瞬考え込んでから「今日ならいいか」と呟いた。

それを聞いて、ふと、思い当たった。

前からするのを嫌がった八城の、「冷める」という一言はこれが理由だったのではないか。男だと意識すれば、小笠原も宏武も萎えてしまうかもしれない。だから、それを避けるために後ろからしか許さなかったのではないか。

そんなことは、構わないのに。前だろうが後ろだろうが、自分と繋がって一つになり、名前のない肉と肉になるくらいに絡み合ってくれれば。

蓮《はす》っ葉《ぱ》な振りをしてあまりにも健気すぎると、熱い思いが迸りそうになる。

「いいですか?」

「いいよ」

膝を立てた八城は宏武の腕を摑み、その手を自分の双丘に招いた。狭間《はざま》に潜む小さな窄《すぼ》まりは、既にわずかに綻んでいる。この蕾を指で搔き交ぜてやりたいくらいに欲望は高まっていたが、宏武は懸命に堪《こら》えていた。

「緩んでる。ここ、自分でしたんですか?」

「ん」

彼ははっきりとは答えなかったが、シャワーを浴びているあいだに準備をしてくれたのだろう。そんな気遣いすらも、たまらなくそそる。

「おいで、宏武」

「俺も、もう、待てません」

熱い。

秘蕾に性器を押しつけた途端、そこが呑み込むようにやわやわと動きだしたような錯覚を覚えた。実際には昂奮したまま躰を強引に進めたようだが、八城は心得たもので、適度な弾力のある襞で宏武を包み込んだ。

「すごい……」

思わず宏武は賞賛の言葉を口にする。

侵入しかけた彼の躰は、こちらが蕩けてしまうのではないかと思うくらいに熟れていた。

はじめはきつかったけれど、深呼吸をしていた八城が筋肉を緩め、巧みなリードで宏武を受け容れてくれる。

「…もっと…、…来て…」

言われるまでもない。もっと奥深くに入り込んで、八城のやわらかさと熱気を余すことなく味わいたかった。

「はい」

「酷くしていい」

深く、ずっと深いところまで彼の中に入り込み、味わいたい。

「八城、さん」

たまらなくなって、宏武は八城の中に腰をぐっと沈めた。

「あっ」

途端に八城の声が甲高くなり、彼がぐっと躰を撓《しな》らせる。相当苦しいのか、絡んでいた足が解けてしまったが、それでも痛いと言わずに宏武を受け容れている。それどころかもっと深く来てほしいと言いたげに、おそるおそる手を伸ばしてきた。

もう、我慢できなかった。

「俺に、捕まって」

「ん……こう、か？」

首に腕を回してもらって、宏武は八城の汗ばんだ肩を摑んだ。

「ええ。動きます」

「来て…ッ……」

もっと奥だ。もっと深く。小笠原だって知らないようなところに、到達したい。

襞と襞でできた狭い道を蹴散らすように掘り進め、宏武は力強く狙い澄ましたように八城の肉を穿《うが》つ。

「ーっ！」

途端にびくっと八城が震え、肉と肉をぴたりと密着させたままの宏武をきりきりと締めつける。

「は……あ、あっ…」

この体勢でずっといるのは無理で、宏武はもう一度腰を引こうとしたが、八城が「まだ」と囁いて動かそうとしない。

「八城さん、でも……」

「奥、きもちい……」

「奥?」

「と、届く、…ここで、動いて…?」

彼がねだったので、宏武は小さく息を詰めた。このままだと、達してしまいそうだ。

「だめです……出したくなる」

「出して」

宏武の腰に一度は解けてしまった脚をきつく絡めて交差させ、ぴたりと密着した部分を支点に八城から腰を左右に動かした。

「ふ…いい……固い……」

「俺も、いいです」

頭に血が上ってきて、極限状況の昂奮で焼け焦げそうだ。

「ん、いい…動いて…もっと……」

ぬちゅぬちゅと粘着音まで聞こえ、自分が我を忘れて腰を動かしているのに宏武は気づいた。

「八城さん」

気持ちがいい。ぴくぴくと震えるような締めつけに、八城も感じているのがまざまざとわかった。

少し余裕を取り戻した宏武が間近から八城を観察する。

潤んだ目、額に滲んだ汗。半開きになった唇からは喘ぎが溢《あふ》れ、時々唾液が零れていた。

そんな緩んだ顔でさえも、今や、可愛くてたまらない。

「もっと、させて」

宏武の頼みが耳に入ったのか、八城がいっそう激しく自分の下で腰を前後に揺すっている。

「ん、んっ……あっ、いいっ……そこ、そこ……」

「そこって、ここ？　もっと、していい？」

八城の内側に潜むポイントは最早知っていたので、宏武は的確に腰を入れて彼を責め立てた。激しい律動に八城は息も絶え絶えで、首に回された手にも力が入っていない。

「して、あっ、だめ……」

「だめって？」

その言葉に宏武が二人の繋がった部分に目を遣ると、八城はもう弾けそうだった。

どうしよう、すごく可愛い。

宏武に楔を打ち込まれてその懊悩《おうのう》から張り詰めているのだと思えば、もう、悦びしか感じられなかった。

「瑛」

「んーっ」

八城は敏感になっており、軽く手を触れただけで声にならない悲鳴を上げて彼は達した。

「瑛……」

瑛、と何度もその名前を呼ぶ。

「出して……」

その前に唇を押しつけると、八城が舌を滑り込ませて応えてくる。

腰を動かし、狭くて熱い肉を堪能《かんのう》する。凄まじい快感に頭がじわりと痺《しび》れ、宏武は気づくと八城の中に精を解き放っていた。

初めて、彼の中まで自分のものにするのを許されたのだ。

「……瑛」

「いっぱい、出したな」

どこか陶酔しきったような口調で告げて、八城が軽く宏武の肩を噛む。

「こっちにしてください」

啄《ついば》むようにキスをすると、八城は「ん」と頷いてから唇を合わせ、すぐさま舌を滑り込ませてきた。遠慮のない動きにますます欲望を煽られ、繋がったままの肉体が回復していくの

が如実にわかった。

「宏武……もっと」

キスの合間に囁かれて、宏武は首を縦に振る。

これが最初のキス。

ようやく、八城にキスできたのだ。

もう誰にも渡さない。

やっと手に入れた大切な人を、誰にも渡したくはなかった。


「家、帰らなくていいんですか？」

ことの後に問うと、八城は微かに笑った。

「いいよ、べつに」

手足を伸ばした八城は、眠そうに欠伸をする。

「でも」

「どうせ晴美も帰らないだろうし」

ベッドに躰を投げ出した八城は、どことなく眠そうだった。

「……どうして結婚したんですか？」

「晴美が、結婚したいと言ったから」

本当にそれだけで結婚できてしまうものなのだろうか。

「だって、あの人は……」

「友人みたいな関係で、いい妻だよ。僕も彼女にとって、いい夫であろうとしてる」

淡々とした言葉には、どきっとさせられるような微かな毒が含まれている。

「じゃあ、社長は？」

「いい人だよ」

思いが通じた勢いはあったとしても、社長と別れてほしいとは言いづらいが、きっといつか、八城ならば決断してくれるはずだ。

それが今でなくても構わない。

「好きです」

「うん」

この気持ちを否定されないことが、宏武には何よりも嬉しかった。

「この先、俺のことを好きになってくれますか」

「……君はずっと特別だったよ。僕も、君を欲しいと思ってた」

好きとは言えないけれど、欲しかった、か。

微妙に論点を逸らされたものの、それでも、今は十分だ。

この風変わりな上司の関心を引けて、そのうえ新たな一歩踏み出せた——それがわかるだけで。

あとは少しずつ、彼に理解してもらえばいい。恋とはどんなものかを。

「本当ですか？」

それでもつい念を押してしまうと、八城は微かに首肯した。

「嘘はつかない」

どこか濡れたような八城の瞳を見つめているうちに、また欲望が迫《せ》り上がってくる。

「したくなってきた？」

くすりと笑った八城が、宏武の下半身に触れてくる。

「いいよ、して」

「でも、眠いんじゃ……」

「遠慮しなくていい」

舌先で頬を舐められ、たとえようもない愛しさが募る。

「早く……ここまでおいで」

囁く八城の声に促されるように、宏武は彼を再び組み敷く。

真っ直ぐに自分に向けられた八城のまなざしに、搦《から》め捕《と》られる。

こちらにおいでと促す、その視線に。

そうか。

もしかしたらあの晩、小笠原に抱かれていた八城のまなざしは、見てほしいと言っていたのではないか。

真実の八城自身を見つけて、捕まえてほしいと。

口にするよりも、視線は遥かに雄弁だった。

「好きだ、瑛」

返事の代わりに彼がキスを仕掛けてきたので、その甘い口腔に舌を滑り込ませる。

最初に舐めたのは、蜜ではなく、罠という名の毒だったのかもしれない。

その証拠に、いつのまにか、こんなにも彼に溺れている。

もう離れることができないくらいに、中毒なのだと思えるくらいにどこまでも深く。

無防備な視線

1

「八城《やしろ》さん」

「黙って」

狼狽《ろうばい》している森沢宏武《もりさわひろむ》を押し倒し、八城瑛《えい》はそう囁く。

会社では直属の部下にあたる宏武の首筋に鼻を擦り寄せ、その微《かす》かな汗の匂いを嗅《か》いだ。

雄の匂いが好きだ。

誰もが持つ、一人一人が違う匂い。それを嗅ぐと更に性感が高まり、相手を欲しくてたまらなくなる。

「今日は僕の好きにさせる約束だ」

深奥《しんおう》から湧き起こる昂奮《こうふん》に、声が掠《かす》れてしまいそうだ。

けれどもそれを悟らせないよう、ポーカーフェイスを気取るのは得意だった。

こんなふうに八城が行為に溺《おぼ》れること自体が、相手にはたいてい予想外に思えるらしく、しばしば「こんな人だと思わなかった」と感想をもらう。八城の外見は生真面目《きまじめ》で禁欲的に見え、性的な匂いがほとんどしないのだそうだ。

「そう、ですけど」

宏武の歯切れが悪い。

「今日も、の間違いですよね」

「昨日は君に任せた」

「だけど、一昨日《おととい》は……」

つまり八城は、こうしてほぼ毎日、宏武の部屋を訪れている。

都内でも少し広めの1LDKで、男の一人暮らしにしては適度に整理整頓《せいとん》されている。あまりきれい過ぎても落ち着かないが、宏武の部屋はその点では心地よかった。

「ごちゃごちゃ言わないでくれるか」

こうしたときに言い合うのは面倒だし、それに時間の無駄だ。

「ごちゃごちゃって、ひどくないですか」

「いいから、させて」

「それは嬉しいですけど、先輩」

彼が八城を名前で呼ぶのは、ほんのわずかなときしかない。普段はやはり遠慮しているらしく、その曖昧《あいまい》な線引きが優柔不断なところの残る宏武らしかった。

八城にのし掛かられたまま、宏武はまだ微妙に硬直している。

「ん？」

「俺、シャワー……」

まだ浴びていないと言外に臭わされて、八城は相手に聞こえぬように舌打ちをした。

気遣ってくれているのだろうけれど、そういうところが無粋だ。

シャワーなんて、浴びなくたっていい。どうせ汗まみれ、体液まみれになるのは目に見えているのだから。

「させる気がないのか、焦《じ》らしてるのか、どちらなんだ？」

「どっちでもない。嫌な目に遭わせたくないんです」

困ったように答える宏武は、八城の頬《ほお》のあたりをそっと撫《な》でた。

「焦らされるほうが、よほど嫌だ」

この関係が落ち着く前は、がっついてくる宏武をいなしているように見せていたけれど、きちんと需要と供給は一致していた。

宏武が覚悟を決めてくれた以上は、最早《もはや》、手加減する理由はない。

必然的に、八城は自分の欲しいと思うときに宏武を求めるようになっていた。

「浴びなくていい。――ううん、浴びないで」

鼻面を彼の首筋に擦り寄せ、八城は宏武の首を軽く噛《か》む。

「ッ」

犬歯が当たったらしく、彼が小さく声を上げるのがわかった。

「それとも、先にしゃぶってやれば、おとなしくなるか？」

問いながら、八城は剝き出しになった宏武のペニスを軽く摑《つか》む。尖端《せんたん》にキスをすると先走りの味がしたので、八城は乗り気になっているのだと八城はほくそ笑んだ。そこをしつこく舐めるうちに、孔からまた雫《しずく》がじわじわと湧《わ》いてくる。

「ふ、ぅ…ッ……」

美味《おい》しい。男のものをしゃぶってこんなに満足感を得てしまうなんて、どうかしていると思われかねない。

だけど、ずっと欲しかった相手なのだ。その体液も皮膚も、何もかもがまずいわけがなかった。

「だめです、もう……出る……」

堪《こら》えられないと言いたげに声を上げられて、八城は上目遣いで相手を見上げる。

「らひて」

発音が不明瞭《ふめいりょう》なものになったためか、宏武は眉根《まゆね》を寄せて懊悩《おうのう》を露《あらわ》にした。

……可愛い。

「…出します……」

律儀に宣告した宏武は腰を突き上げるようにして、八城の口腔に精を注いだ。

相手の射精が終わったのを確かめてから、八城はゆるゆると顔を離す。口の中に溜め込んだものを数度に分けて飲み干すと、陶然とため息が零《こぼ》れる。

「んく……美味し……」

名残惜しく舌先で自分の口腔を探ったあとに、ようやく八城は自分の口許を拭《ふ》き取った。唇の端についていた精液を拭《ぬぐ》えたので、手の甲も猫のように舐める。

「八城さん、だめです、それ」

「何、が」

問いかけたところで今度は逆に押し倒されて、八城は目を眇《すが》めた。

「森沢くん？」

「ここ、挿《い》れたいです」

欲望に掠れた宏武の声が鼓膜を直撃し、ひどく色っぽく響いた。声には真摯《しんし》さが込められていて、それが八城の心身をいっそう火照らせる。

「まだ回復してないくせに？」

「はい。こっちに寝てください。俺が、慣らすから」

「ん」

身を捩《よじ》った八城が右半身を下に横たわると、宏武は左足を折り曲げるように促す。

宏武の場合は、挿入に至るまでがだいぶ間怠《まだる》っこしい。

愛撫《あいぶ》などいらない。ただ繋《つな》がっているだけで心地よいのに、宏武にはきっとそれが通じないのだろう。

無論、聞かれもしないのに教えてやる義理もないが。

愛撫は嫌いだが、慣らさなくては面倒なことになるので、八城はそれだけは許していた。

何度も経験を積み重ね、八城の肉体の扱いを覚えかけた宏武が、指にローションを塗りつけて秘蕾《ひらい》に遠慮がちに差し入れてくる。

「ッ」

第一関節、指の半分……それくらいまでは、さすがに異物感が大きい。心臓が圧迫されるように痛くなって呼吸も浅くなるが、そこから先はふっと楽になった。むしろ、宏武の指を咥《くわ》えているという悦《よろこ》びに躰《からだ》が震え、きちきちっと締めつけてしまう。

どこかごつくて、男らしい指。

それは自分のものとも、小笠原のものとも違う。

他人の肉体の一部を受け容れる恍惚《こうこつ》に襲われ、八城はうっとりと目を細めた。

「…気持ちいい……」

ため息交じりに呟《つぶや》いたのを聞いた宏武が、喉の奥で何事かを呻《うめ》く。

「なに……?」

「だめです、やっぱり」

「だから、何が」

「もう、挿れたい。すみません、八城さん……我慢、できますか?」

矢継ぎ早に訴えられて、八城は年下の男の性急さに小さく笑った。

反対するわけがない。やっと汗ばんできた躰に、早く火をつけてほしい。

八城も異論はなかったが、真剣に自分を見下ろす宏武を少しからかってやりたくなった。

「少しくらい我慢できないのか?」

「ごめんなさい」

短く言った宏武は指を引き抜くと、八城の躰を転がした。宏武は荒い息をつきながら、八城の膝の後ろに手を当てて、両脚を強引に左右に広げさせた。

腰が持ち上がり、秘められていた部分が宏武の目前に晒《さら》される。

「ああッ」

零れ落ちた悲鳴も厭《いと》わず、宏武は八城の躰を二つに折り、乱暴ともいえる挿入を始めた。

襞《ひだ》を捲り上げるような荒々しい侵攻は、快楽しか生み出さない。逞《たくま》しいもので擦られる敏感な肉壁《にくへき》から、ダイレクトに刺激が伝わってくる。抜き差しされるたびに躰の奥底から泡のようにふつふつと快感が生まれ、あまりの愉悦に頭が痺《しび》れ、唇が戦慄《わなな》く。

「どう、ですか?」

「入る……入って、あ、あっ……ごりごりって……」

この凄まじい悦楽を伝えるべくあられもない台詞《せりふ》を発し、八城は次から次に体内から生まれる快楽を全身で味わおうとする。

「八城さん、いやらしすぎ……」

感極まったように告げた宏武が、同時に体内でぐっと大きくなった。

「好きです、可愛い……可愛い」

頬や唇にめちゃくちゃにキスをされた八城は、もう呼吸も上手《うま》くいかずにシーツを摑むばかりだ。

「ふ、あ……あ、あっ…もっと、おっきく……」

「これ以上？　だめですよ、無理」

「して……森沢、突いて……」

「挿れたばっかり…ですよ。これで動いたら、あなたに怪我《けが》を」

自分だって余裕がないくせに、八城が溺れ始めたら途端に突き放す。そういうところがずるくて、そして可愛い。

「しない、ほら……やわらかく、なって……あっ、そこ、そこっ」

嫌がるふりをしていた宏武が、襞をあしらうようにして動きだす。それが心地よくて、八城はきゅんと体内にいる宏武を締めつけてしまう。

「すごい、締まる…」

抗議するような声音に、八城は思わず首を振った。緩められないのだから、そんなことを責めるのは反則だ。

「わざとじゃ、ない……ッ」

自分でもどうして彼をこんなに求めてしまうのかわからないけれど、八城は荒い息を吐き出しながら、宏武の上で白い躰を躍らせた。

すべてが終わったあとの、気怠《けだる》くて指一本動かしたくないこの時間。

まどろみに引き込まれかけながらも、未だに踏み留まっている状態だった。

シャワーを浴びるのも面倒なのでベッドに横たわっていると、ミネラルウォーターのペットボトルを持ってきた宏武がベッドサイドにどさりと腰を下ろした。

「はあ…疲れた……」

何気なく彼がそう口走ったので、そちらに首を曲げた八城は眉を顰《ひそ》める。

「疲れたのか?」

尋ねているうちに、だんだん目が覚めて思考がはっきりしてきた。

「あ、はい。すみません」

宏武のさも申し訳なさそうな反応に、八城は重ねて口を開いていた。

「君は若いと思ったのに意外だな」

嫌味のつもりはない。ただ、見るからに頑丈そうで体育会系の彼だから、体力抜群だろうと考えていた。実際、職場で多少ハードな残業が続いたとしても、堪《こた》えている様子はまるでなかった。

「若いですよ！　でも、八城先輩……その、だいたい毎日だし……」

「毎日は寝てない」

「いや、そうですけど、口でしてくれたりするじゃないですか」

「ああ」

連日宏武の部屋に泊まるわけにもいかないので、宏武に終業後の社内で口淫《こういん》をねだったことは何度かあった。

彼も悦んでいると思い込んでいたものの、それが宏武には負担となっていたのだろうか。

「前は俺に、加減しろって言ったくせに」

「あれは……君が深みに嵌《はま》らないようにという配慮だ」

我ながら下手な誤魔化し方だったが、宏武は素直に納得してしまったらしい。

「じゃあ、無駄でしたね」

無論、八城だって疲れるには疲れるけれど、それ以上に躰が熱くなって我慢できないのだから仕方がない。

こんな躰を放っておけというほうが、無理な相談だ。

「一日置きがいいのか？」

やりすぎだと言われているようで困惑し、欠伸《あくび》を噛み殺しながら八城は尋ねる。

「そう、ですね。できれば」

一日置きといわず二日でも三日でも、と言外に込められた返答だった。

八城はすっかり機嫌を損ねていたが、それを口に出さない程度の理性はある。

確かに、自分でも反省すべきだとは思う。

だけど、ここまであからさまに疲労を前面に出されるのは、八城にとってもひどく堪えた。

これまでも八城は年下の相手とつき合ったことはあったが、たいていは、頻繁にベッドを共にできるのを歓迎された。彼らとの関係が短命に終わったのは、相手の束縛が鬱陶しくなって八城が逃げ出してしまったせいだ。

ここまで長続きした相手は、上司で腐れ縁が続く小笠原匡《おがさわらただし》くらいのものだ。

宏武は好奇心旺盛《おうせい》で、それなりに快楽に従順なのだと思っていた。だが、その彼がここで音を上げたというならば、八城が思うよりも宏武はセックスが好きではないのかもしれない。

推論から結論を導きだし、八城は「わかった」と素っ気なく頷《うなず》いた。

「怒ってますか？」

八城がすっと表情を消したのを敏感に読み取ったらしく、宏武が躰を擦り寄せてきた。

体温が近すぎて、困る。

八城はさりげなく躰をずらし、彼のぬくもりから逃れた。

「納得したんだ。怒る必要がない」

疲れたなら疲れたで、そう言ってくれたほうが助かる。疲労困憊《こんぱい》する相手に行為を強要するのは、いくら八城でも本意ではなかった。そう結論づけたが、なぜか胸のあたりがちくちくして落ち着かない。

「なら、いいですけど」

遠慮がちに八城の髪に触れ、宏武はすぐに慌てて手を引っ込めた。行為のあとにいろいろされるのを八城が嫌うためだ。

さっき頬に触れたのは不問に付したが、今はもう、触られるのは嫌だ。

それを宏武が読み取ってくれたのに、八城は安堵《あんど》を覚えた。

いわゆるピロートークほど面倒なものはない。セックスしたあとに疲れているのは一緒だし、黙って余韻を反芻《はんすう》したい。相手との行為を一つ一つ脳裏に刻みつけたいので、それを掻き乱されるのは不愉快なのだ。

八城に情緒がないと言うのなら、その評価は正しい。誰かに殊更《ことさら》にレッテルを貼られなくても、自覚くらいはあった。

そして、その情緒のなさが常軌を逸した人間関係を作り出してしまったのかもしれない。

八城という人間と小笠原という人間が出会ってしまったせいで、二人を取り巻く関係は錯《さく》綜《そう》したものになった。

その影響を被っている宏武は気の毒で、できることなら、少しは彼に優しくしてやりたい。でも、八城にはそのやり方がわからなかった。

どうすれば、宏武に対してもっと優しく振る舞えるのだろう？

……こんな感情、初めてだ。

小笠原にだって、こんな気持ちを抱《いだ》いた経験はない。

男に抱かれるのを知った八城は、若かりし頃から自分がひどく欲深い性質だと気づいていた。だが、大人になればある程度は欲望を抑えなくては、社会生活を営めない。

情緒を学習できても、欲望に関しては打つ手がなかった。誰彼構わず寝るのはよくないとわかっていたし、病気も怖い。かといって誰かに束縛されるのも嫌だ。

どうすればいいのかと葛藤《かっとう》している最中、八城は小笠原に再会したのだ。

そこで再び彼と関係を持つようになるまで、大して時間はかからなかった。

彼は八城を束縛しない代わりに、自分自身が束縛されるのも拒絶した。お互いに似た者同士だからこそ、二人の関係は円滑に動いていたのだ。

小笠原は仕事同様、快楽にも途切れない探究心を持ち、ＳＭだろうがボンデージだろうが許容量が広い。その点では、思ったよりも保守的な宏武とは大違いだ。

たとえば、八城が試しに縛ってほしいと言ったときも、小笠原はすぐに縛ってくれた。といっても縛られてのセックスは八城の好きに行動できないので、あっという間に飽きてしまったが。

その関係に変化の兆しが現れたのは、ここ二、三年だ。小笠原が変わったのだ。

八城は女性に興味がないし、自分の性的指向がわかってからは異性に触れるのも御免だったが、青天の霹靂《へきれき》で晴美《はるみ》との結婚を打診された。八城は驚いたものの、家庭を持つのは自分の性癖のカモフラージュになるかもしれないと思ったし、案外晴美が面白い女だったので承諾した。

いわゆる仮面夫婦で、彼女とセックスしたことは一度もない。

そんなときに、宏武に脅されるようにして関係が始まったのだ。

八城は水を得た魚のように、今やいっそ貪欲といえるほどに彼を求めた。

だからなのか、宏武との行為は想定外のことが多い。

自らあんなふうにぎゅっと彼を締めつけてしまったり、底のない快楽に足を取られそうになってしまったり。

自分でも、わけがわからなくなる。正直にいえば、すべてにおいて困惑していた。

「八城さん、少し寝たほうがいいですよ」

夢現《ゆめうつつ》の中で、宏武の優しい声が鼓膜を擽《くすぐ》る。

「あ、もう寝ちゃったか」

困ったように呟く宏武の反応。こめかみに押しつけられた唇の、やわらかな感触。

本来ならば嫌なはずなのに、なぜだか、胸があたたかくなる。

こればかりは他人の模倣ではなく、心から生まれてくる感情だ。

その気持ちをどのような言葉で形容すべきなのか、一度検討をするのは興味深い……そう思いながら。

2

「…………」

八城《やしろ》がデスクに向かって仕事をしていると、デスクトップに通知ウインドウが立ち上がり、ＳＮＳ経由でメッセージが入ったのがわかった。

個人的に導入しているアプリケーションは、ＷｉＦｉを利用したＳＮＳで、新しいものが好きな小笠原《おがさわら》がはまっているのだ。社内のＰＣにインストールするのも許可されているものの、八城としては何か新奇なものにはまるごとに連絡法を変えるのはやめてほしかった。こちらも慣れるのに時間がかかるからだ。

しかし、それをあえて述べると小笠原が面白がってよけい使うのがわかっていたので、八城はささやかな不満を封じ込めて彼に従うことにしていた。

『今夜七時に』

社長室での情事はいくら何でも危険だと判明したので、あれから二度としていない。

もっとも先だって宏武《ひろむ》に見られたあれは、わかっていて八城が行為を仕掛けたのだ。八城に何か目論見《もくろみ》があると承知で乗った小笠原も相当趣味が悪いが、彼の悪食《あくじき》ぶりは熟知しているので、咎《とが》めるだけ労力の無駄だ。

待ち合わせの場所についてあえて何も書いていないのであれば、地下鉄の駅に近いいつものカフェだろう。

ここまで来ると、小笠原との関係は腐れ縁のようなものだ。それでも、自分を仕込んだ男を簡単には袖《そで》にできないし、何よりも彼と寝るのは気持ちよかった。

その関係に漣《さざなみ》が立ちつつあるのは、宏武が原因だ。

もともと宏武は、部下の中でもちょっと目立つ男だと思っていた。仕事もよくできるし、何よりも気が利いて優しい。女子社員にも人気があり、結婚しないのが不思議なくらいだった。

最初は、純粋な好奇心が出発点だった。

顔立ちも、何よりも躰つきもひどく好みの人物だった。

あの男と寝てみたら、どんな種類の快楽を得られるだろう?

その程度のきっかけで始めたため、数回寝たら終わりにするつもりだったのに、今でもこの関係は続いている。

それがどういうことなのか、八城には説明がつかない。

終業後、八城は真《ま》っ直《す》ぐに約束のカフェに向かった。宏武は打ち合わせ後直帰の予定だと聞いたし、毎日は辛いのならばこれ以上強いるわけにはいかない。小笠原の誘いは、八城には渡りに舟だった。

アイスティを頼んだ八城がぼんやりとスマートフォンを弄っていると、予想より早く小笠原がやって来た。

「瑛《えい》」

「……小笠原さん」

「食事は？」

「まだです」

八城が短く答えると、小笠原の目許《めもと》が和んだ。

「わざわざ待っていたのか。じゃあ、食事が先だな」

性欲の前に食欲を満たすのは、極めて健全な発想だ。珍しく唇を綻《ほころ》ばせた八城を見て、小笠原は「ん？」と怪訝《けげん》そうに眉を顰める。

「どうかしたのか？」

「いえ」

食事は小笠原の行きつけの和食店に向かうことになった。

根津《ねづ》の裏通りにある洒落《しゃれ》た割烹《かっぽう》で、カウンターのほかにはそれぞれ仕切られた個室ふうのスペースが二、三あるだけだ。

食事は薄味で上品にまとめられ、ぎとぎとした濃いものが嫌いな八城の好みに合っている。一方で、健啖家《けんたんか》の小笠原には物足りないはずだと少し申し訳なさを覚えた。

食後の煎茶《せんちゃ》は極めて上品な味わいで、満腹感があった。

「彼とは上手《うま》くいってるのか？」

「え？」

「名前を出さなくてはだめかな。森沢《もりさわ》だ」

「それなりです」

きっかけがあんなものだっただけに、どうせ小笠原は何もかもお見通しだとわかっているし、隠すつもりもない。そんなウェットなつき合いではないので、嫉妬《しっと》されることもないだろう。

「それより、小笠原さん、満足しましたか」

「何に？」

「食事です」

自分に合わせて淡泊な食事にしてくれたのであれば、小笠原には申し訳ない。そう思うことは、八城にも可能だった。これもまた、観察と模倣の成果だ。

「私を気遣うとは珍しい」

「年上に敬意を表してます。今日は泊めていただけるんでしょう？」

「そうか。十分に楽しんだよ。それに、セックスの前は満腹にしない方針だ」

ことをなげな返答に、八城は苦笑する。極端に満腹になると性欲が鈍るというのが、小笠原の持論だった。

「でも、私のところに泊まってもいいのか？」

「何が？」

こちらの意見を問うてくるあたりが、小笠原には滅多にないことだった。

「今まで君がつき合ってきた相手と違って、彼は社内の人間だ」

「それが？」

「社長と後輩との三角関係——あまり居心地がよくないんじゃないのか」

「僕は平気です」

八城があっさり答えると、小笠原が首を振りつつ苦笑を浮かべる。

「瑛、君が気にしないのはわかってるよ。彼はどうかと聞いているんだ」

「争っているわけではないでしょう。そこを訂正させてください」

小笠原の発言は、八城にとっては意味がわからない。困惑する八城を見やり、彼は小さく笑った。

「森沢くんと上手くいっているなら、つまり、つき合っているんだろう？」

「かもしれませんが、不明です」

「曖昧だな。告白されたんじゃないのか？」

「好きだと言われました」

誤魔化しても仕方がないので、八城は正直に答える。

「いいね。森沢くんは信頼できる人物だ。それで君はどう答えたんだ？」

「どうって……その、『欲しかった』と言いました」

「──『好き』ではなく？」

小笠原は訝《いぶか》しげに眉根を寄せ、射るような鋭いまなざしでじっと八城を見守っている。そのせいで、どこか息苦しささえ覚えた。

「たぶん、僕の感情はそういうのとは違います」

小笠原はそれを聞き、一瞬沈黙した。

「どういう理由でそう思ったんだ？」

「好きというのは、もっとあたたかく穏やかな感情でしょう？　僕はただ、森沢を欲しいと思っているだけです」

「……そうか」

納得しているのかは不明だったがとにかく小笠原は頷き、そして口許を歪《ゆが》めた。

「君の情緒は、相変わらず変わってるな」

「そうですか？」

「毎日だって蕎麦《そば》を食べたいのは、蕎麦が好きだからだろう?」

「はい」

「それと同じだと思わないのか?」

「食べたいという気持ちと、欲しいという気持ちは……似ているようで、ちょっと違います」

八城が返答すると、小笠原はおかしそうに噴き出した。

「だんだん禅問答みたいになってきた」

「真面目に話しているんだから、笑わないでください。それに、森沢は僕に、あなたと別れろとは言わなかった」

別れてほしいのであれば、そう言ってくれなければだめだ。

八城は、宏武の膚《はだ》や体温と同じくらいに小笠原の寛容さを求めている。

彼は八城が困ったときに何かと相談に乗ってくれる、なくてはならない人物だった。

「瑛、君がそう思うのなら、私は何も文句はない」

少し考えてから、小笠原は切り出した。

「恋人同士でもないようだから、これは浮気に入らない——そういう解釈だね?」

「ええ」

宏武との関係は特別だが、八城はまだ自分の気持ちを掴みかねている。宏武が恋人になってほしい、小笠原と別れてほしいと言えば、考慮の余地はある。けれども、そう言われない以上は自分たちはただのセックスフレンドでしかなかった。

「何からしますか？」

白いシーツの上で問うと、頬杖《ほおづえ》を突いた小笠原は「そうだね。満足させてもらおうか」と答える。

「満足なんて、傲慢《ごうまん》な言い方ですね」

「だってそうだろう？　君は私の会社の社員だ」

「僕と寝たとき、一度たりとも満足できなかったことがありましたか？」

「最初の頃は、面白みはあったが満足とはほど遠かったな」

そう嘯《うそぶ》く小笠原の言葉に、八城はむっと眉を顰める。

「酷《ひど》いです、それは」

「だから、今夜は遊ばせてもらおう」

八城の発言を聞いていたくせに、小笠原は突然身を起こして八城をベッドに組み敷いた。

適度に糊《のり》の利いたシーツはぴんと張り詰めているくせに、それでいて心地よい。

「どうして」

「森沢とも寝ているのなら、私は私なりのやり方をしたほうが新鮮だろう？」

「あっ」

小笠原が心臓の上に置いた手に力を込めると、乳首が圧《お》されて少し痛い。思わず声を上げた八城に、彼は小さな笑みを浮かべた。

「敏感だな。森沢は、どうなんだ？　君の相手には不足だと思うが」

「そんな、こと…ない、けど……毎日は……だめって……」

くりくりと乳首を刺激され、八城は呆気《あっけ》なく白状した。

「瑛、君の欲望は底がないんだ。酒飲みで言えばザルだな」

わかりきったことを指摘しながら、小笠原は八城の乳暈《にゅううん》の感覚を堪能《たんのう》している。小さな突起に芯《しん》が通るまで弄《いじ》り回すのを彼は好み、そうなるまで二本の指で、まるで紙縒《こより》でも作るように擦り合わせている。

痛くて、ちりちりして、それでいて……気持ちいい。

額に汗が滲み、それが雫《しずく》となって滴ってくる。前髪が湿って張りついてきた。

「あなたは、着いてこられるくせに」

「十代でもあるまいし、毎日は無理だ」

至極あっさり小笠原は言うと、凝《しこ》ってきた乳首を執拗《しつよう》に揉《も》んだ。

愛撫は好きでないものの、相手が小笠原のときは別だ。関係が長いぶん、行為に変化がないと飽きてしまう。それに、小笠原ならば一方的に乱れるばかりの自分を見られても平気だった。

「毎日…してほしいなんて、あなたには、頼んだり、しないです」

さすがに言葉が切れ切れになり、発音も難しくなる。

「それはそれでつまらないな」

「どうし…あっ！」

かりっと乳首に歯を立てられて、八城は顎《あご》を上げてしまう。

「集中しなさい、瑛」

まるで珍しい木の実でも愛《め》でるような態度に翻弄《ほんろう》されるのは悔しいが、どうしようもない。

乳首をきゅっきゅっと摘《つま》んだあとに、乳暈全体を三本の指でマッサージされるように揉み込まれる。あるはずのない乳房を意識し、それだけで八城はひどく乱れた。

「は…あっ…ふ…く…」

もう性器は力を漲《みなぎ》らせ、雫さえ滲ませている。これ以上乳嘴《にゅうし》を揉み込まれたら、どうにかなってしまいそうだ。

「ここが弱いな。乳首を弄られるのが好きなのか？」

今更ともいえる質問だったが、彼が羞恥心《しゅうちしん》を煽《あお》ろうとしているのを知っていたので、八城は素直に答えた。

「乳首、だけじゃ……ない……」

「そうか」

これは遊戯だ。退屈な日常で、己の性欲を満たすための。

「じゃあ、どこがいいのか言ってごらん？」

誘導する小笠原の声は甘く、そして深かった。

ずるい人だ。いつもこうやって酔わされる。

小笠原自身もきっちり愉《たの》しむ一方で、八城にも快感をもたらしてくれる。だからこそ、二人の関係は嚙み合い、上手くいっていた。


「ン」

目を覚ますと、コーヒーのいい匂いがあたりに漂っている。

昔からダークブラウンの家具が好きだった小笠原の部屋は、シックな家具で統一されている。白木のやわらかなフォルムが目立つ、北欧調の宏武の部屋とはまた違っている。

共通点は二人ともきれい好きというところだろう。

もっとも小笠原はメイドサービスに頼んで定期的に清掃させているし、宏武はものを持たない主義のようで、汚すほど荷物がないという理由らしい。

ベッドサイドの眼鏡を摑んでから白いシーツから抜け出し、借り物のパジャマ姿のままで八城がキッチンへ向かう。折しも、既にラフな服装に着替えた小笠原がコーヒーをカップに注いでいるところだった。

「ああ、起きたのか。おはよう、瑛《えい》」

「おはようございます」

「どうぞ」

眠い目を擦《こす》りながら挨拶《あいさつ》をすると、顔を洗うより先にコーヒーカップを差し出された。香気の高いコーヒーは、素晴らしく美味しかった。

口の中で押しつけがましくない程度に、ふわりと香りが広がる。

「美味しいです」

「だろう？」

自信ありげに小笠原は頷いた。これは、よほどいい豆を使っているに違いない。

「前に君が褒めていた、ブラジルの農園のものを多くブレンドしてみた」

「相変わらず凝り性ですね」

「いや、実は毎日適当に混ぜてる」

「そうなんですか？」

謙遜《けんそん》ではなく、ただの冗談として笑い飛ばしていいだろう。小笠原は間違っても謙遜するような、殊勝な人物ではない。

スイス製のエスプレッソマシーンはレギュラーコーヒーのみならず、エスプレッソやカプチーノまで淹《い》れられる高級品だ。一度この味を覚えてしまうと、喫茶店の薄いコーヒーが許せなくなると、小笠原は購入の動機を語っていた。

どうせすぐに飽きてしまうだろうと思っていたが、意外にもコーヒーを淹れる習慣は長続きしているようだ。

コーヒー豆は数種類常備していて自分でブレンドし、それをわざわざ手動のミルで挽《ひ》くらしい。そのうち焙煎《ばいせん》を自分でするとも言いかねない凝り方で、朝一杯飲むだけのコーヒーにここまでの情熱を傾けられる小笠原が羨《うらや》ましかった。

要するに、何につけてもこの人は趣味人なのだ。

快楽を得ようとするときも同じ姿勢で、相手を高めるのに労力を惜しまない。二人が快感を得られなければそれを失敗だと思う、真面目さがある。

無論、初めて彼と寝たときはさすがに快楽のためというより戸惑いからの丁重さのように思えたが——そのういういしさも今となっては懐かしい。

「君専用のスペシャルブレンドだ。家で飲むなら、豆を用意しよう」

毎日安定しないという軽口を忘れたのか、小笠原が楽しそうに尋ねてきた。

少し考えてから、八城は曖昧に首を傾《かし》げる。

「……そうですね。有り難いですけど、うちにはミルがないんです」

おそらく、ないはずだ。あるという話は、聞いたことがなかった。

「では、あとで挽いておこう」

微笑する小笠原に頷き、八城はちらりと時計を見やる。フレックス制とはいえ、午前中の打ち合わせを考えると、一度家に戻らなくてはいけない時間だった。

「僕はそろそろ失礼します」

「わかった。じゃあ、また会社で」

「ええ」

八城は頷くと、飲み終えたマグカップをシンクに戻しにいった。

3

視線を、感じる。

打ち合わせを終えた八城《やしろ》が自分のデスクに戻り、処理しやすいルーチンから始めていると、宏武《ひろむ》の視線が痛いくらいに突き刺さる。

何かあったのだろうか。

今朝は小笠原《おがさわら》と別れたあとに一度家に帰って入念にシャワーを浴び、髪から爪先《つまさき》まできちんと洗ってぱりっとした服に着替えてきた。晴美《はるみ》はまだ寝ていて、出かける前に起きてきて「行ってらっしゃい」と気怠そうに見送ってくれた。八城自身がかなりの睡眠不足ではあるが、倒れそうなほどではない。

宏武の視線は、概してわかりやすい。

常に身構えた八城とは違い、彼の意図はいつも明白だ。

それは八城に対する熱情だったり、羨望《せんぼう》だったり、不満だったり……そして今日のこの視線は、何か不満とか不審が籠《こも》っている気がする。聞きたいことがあっても聞けずに、視線を向けてしまう――そんなニュアンスのまなざしだ。

普段ならばろくに気にならない他者の目線に、過敏になっている。これまではそんなことがなかったのに、相手が宏武だからか、それともその視線がとりわけ強すぎるせいか。気持ちがそわそわしてしまって仕方がなかった。

いずれにしても、仕事の邪魔なことには変わりがない。ふうとため息をついた八城は、宏武の視線が逸らされたのを感じてほっとした。

もしかしたら、自分の後ろ姿に何か痕でもあるのだろうかと訝しむ。

背中は勿論《もちろん》服で見えないし、うなじ……か？

いや、こんなところに跡を残すほど、小笠原は迂闊《うかつ》な性格じゃない。

マナーモードにしていたスマートフォンのライトが点滅したので、小笠原はそれに手を伸ばす。メールは宏武からだ。

『昨日、電話したんですけど留守でしたか』

え、と改めて操作すると、不在着信のほかにもＳＮＳアプリを使った着信があった。

失敗した。

バッテリーの消費を抑えるために昨日からずっと電源を切っていたので、通知が遅れていたのだ。

『所用があった』

『そうですか、すみません』

仕事中に公私混同はよくない。

そう思ったが、あんな視線を向けられては拒絶するのは無理だ。

……気になる。

困惑しつつも、ここで打ち切ってしまわなくては仕事に影響を来《きた》すと結論づけ、短文のやりとりで終わらせようと決めた。

しかし、すぐにそれが甘かったと思い知らされる羽目になった。

社長室を抜け出してふらりとフロアにやって来た小笠原が「八城くん」と声をかけてきたのだ。

「はい」

顔を上げると、小笠原は常日頃と変わらぬ笑顔だった。

小笠原が顔を見せるのは日常茶飯事なので、誰もあまり気にしていない。

「これ、コーヒー」

小笠原はわざわざコーヒーを用意してくれたらしい。

「美味しいと言ってただろう」

「早速、ありがとうございます」

仄《ほの》かな笑みを浮かべて小笠原の手から受け取り、八城はそれをデスクに置いた。

「挽いてくださったんですか」

「うん、あれから時間があったからね」

小笠原と自分の関係を知っているものであれば、あまりにもあからさまな会話だ。しかし、社内に二人の結びつきを知るのは宏武以外になく、適度に距離もあるので聞こえるかどうか。いずれにしても、彼は沈黙したままだった。

「またいつでも遊びにおいで」

「はい」

頷いた八城は、またしても明白な視線を感じて居心地が悪くなる。

宏武が何を誤解しているのかわからないものの、自分でも落ち着かないのは事実だ。

八城は自分の胸のあたりに手を当てて考えてみたが、どんな案も出てこない。

嫉妬されているのだろうか。

好きだと言われたし、そう考えるのは順当だろう。けれども、自分は彼のその言葉にずるい返事をしただけで、好きだと応じたわけではない。

八城の中では、恋人同士というのは甘くやわらかな感情を共有する存在であって、ここまで相手を飢渇するようなものではないという認識だった。

——常識など知識に問題はないものの、多少、情緒が欠けているようです。ご家庭で話し合われてはいかがでしょうか。

小学校三年生の通知表に担任教師から書かれていたコメントの意味を、八城はわからないようで何となくわかっていた。

昔から、同年代の子供たちと遊ぶよりは家にあったコンピュータを弄るほうが楽しかった。学年が上がるにつれ細かい作業に没頭するようになったのも、一因かもしれない。

両親はその点には鷹揚《おうよう》で、あまり気にしなかった。共働きでばりばりのキャリアウーマンだった母は家庭を——というよりも八城を顧みなかったし、父も同様だった。

自分は常から感情の起伏が曖昧で、そうした動きを完全に律する理性を持っていた。それが子供らしくなく、情緒がないと言われる最たる原因だったのだろう。

今さら改善は無理だったので対象物の観察と行動の模倣でしのぎ、それはなかなか上手くいっていた。例外はたった一人だ。

宏武と接するときは、上手く自分を制御できない。

相手が意図しないことをするせいか、自分も決められたパターンから外れた言動に出てしまう。

昨日の彼の視線が気がかりで、八城はひとまず宏武と話をしてみることにした。

昼時ともなれば、簡単だ。

八城が火曜日と木曜日は例の蕎麦屋《そばや》に行くと知っているので、宏武は外での打ち合わせがなければ必ず姿を見せるからだ。

だが、正面玄関でしばし時間を潰《つぶ》してみたが、待てど暮らせど宏武は姿を現さない。

「…………」

何かあったのだろうか。

フロアまで見にいってもよかったが、もしかしたら既に出かけたあとで、万が一行き違いになっていたら困る。

首を傾げた八城は、急ぎ足で蕎麦屋へ向かう。

タイミングがいいのか悪いのか、店は珍しく空いていた。

「いらっしゃいませ。一名様ですか？」

「あの……あ、はい」

連れがいると言おうと思って店内を見回したが、宏武の姿はない。

何か急な打ち合わせでもあったのだろうか。

釈然としなかったけれど、八城は念のため鴨南蛮《かもなんばん》を頼んだ。あまり好きではないけれど、宏武が来たら肉を分けてやろうと思ったのだ。

だが、宏武は結局蕎麦屋に現れず、八城は伸びてしまった蕎麦を嫌々片づけた。ふやけてしまった麺類ほどまずいものはなかったが、残すわけにもいかない。

宏武が何を思っているのか、考えが及ばない。適切な解を導けない。もし嫉妬だというのなら、最初に小笠原との関係を止《や》めろというはずだ。考えるのは面倒なのに、考えずにはいられないまま終業時間になる。そのうえ、帰宅時はどうするかという宏武からのメールがなかった。いつも午後にはその日の予定を遠慮がちに聞いてくるのに、昨日と今日の二日続けてそれが無視された。こんなことならオンラインのカレンダーを共有して、互いに会える日と会えない日を記録したほうが簡単かもしれない。

思考がばらばらで何一つまとまらないので、渋々残業を切り上げた八城は珍しく早めに帰宅した。宏武のいないフロアで彼のことを考えているのが、癪《しゃく》だったからだ。

自宅のマンションのドアを開けると、チーズの焦げた匂いがする。

「お帰りなさーい」

明るく迎えた晴美は何やら小物を作っていたらしく、薄暗いリビングルームにはミシンや端切れが出しっ放しだった。

「ただいま」

互いに思惑があって結婚したものの、決して不仲というわけではない。それどころか、家の中ではそれなりに上手くやっていると思う。まさに、小笠原がかすがいになっている奇妙な夫婦関係だった。

「ご飯、食べるんでしょう」

「うん」

食事はご飯と味噌汁に香の物があればいいと連絡してあったのにもかかわらず、出てきたのは冷めたマカロニグラタンとサラダだった。

あたためてくれるつもりはないようなので、着替えた八城は自分で電子レンジに入れる。

ペットボトルの烏龍《ウーロン》茶をグラスに注いでカトラリーを用意して食卓を整えると、リビングの片付けを終えた晴美が向かいの椅子に腰を下ろした。彼女はとっくに食事を終えているはずだが、八城につき合ってくれるつもりらしい。

「どうしたの？　すっごく怖い顔してる」

「何でもないよ」

「森沢《もりさわ》さんのことでしょ」

図星過ぎて、さすがの八城も反応に困って返事をしそびれる。

「本格的な三角関係なの？」

「わからない」

晴美はころころと笑い、やけに楽しそうだ。

「私を入れたら四角関係になるんじゃない？」

「頭数に入りたいのか」

八城が端的に問うと、晴美は首を横に振った。

「面白そうだけど、遠慮しておくわ。森沢さんって面倒くさそうなんだもの」

「気が利くし、優しいよ」

晴美は長らく小笠原の恋人の一人だったが、やがて誰のものにもならない自由すぎる男を手に入れるのは絶対に不可能だと悟ったらしい。引き返せるうちに関係を清算しようと思い、小笠原にそう切り出した。

ところが小笠原も晴美を気に入っていたので、彼女が家庭を望むならば八城と結婚してはどうかと持ちかけたのだ。

八城ならば晴美が小笠原を好きで彼と関係を持っていても咎めないし、晴美も八城に対してなぜか嫉妬心は抱かないという。

お互いに小笠原を接点にすれば夫婦としてやっていけるかもしれないという結論に達し、八城はそれに承諾した。

時折、小笠原は自分よりも壊れた人間だと思うことがある。だが、彼は八城より遙《はる》かに人に愛され、惹きつける才能を持つ。そういう意味では、八城よりずっとたちが悪い男だ。

「それで、何があったの？」

「――ここのところ、彼に避けられてるみたいだ」

「最近って、小笠原さんのところに泊まったあと？」

「うん」

八城があっさり同意すると、彼女はそれだけでだいたいの状態を把握したらしい。さもありなんという様子で相槌《あいづち》を打った。

「つまり、まっとうな感性の持ち主なのね。まあ、ラドリックでお母様の誕生日に食事会するところからして、育ちも性格もいいのはわかっていたけど」

「お坊ちゃん育ちなんだろう」

「それは瑛《えい》さんもお互い様よ。でも、そうでもなければ、ラドリックのメインダイニングなんて行く機会もないし、瑛さんの計画は嬉しかったわ」

「懐かしい話だな」

ほんの二か月ほど前の話なのに、もう何年も前のことに感じられる。

「瑛さんっておとなしそうに見えて意外と腹黒いのに、森沢さんは気づいてないの？」

腹黒いという表現は心外だが、ここに不用意に触れると話が長くなりそうだ。

「全然。そういうところが、周囲にいないタイプだ」

だから、八城は彼を扱いかねているのだ。

「有り体に考えて、夫婦が同じ相手と不倫、しかもそれが上司で社長っていう関係……並の人間なら退《ひ》くわよね」

並べ立てられると、確かに状況としてはとんでもない。返す言葉に詰まって八城が視線をテーブルに落とすと、彼女は神妙な顔になって続けた。

「このままだと瑛さんが困るのなら、私、離婚してもいいよ」

「え？」

唐突すぎる申し出に、八城は戸惑った。

「どうして」

「仮にも夫婦でしょ。相手の負担になる関係なんて、御免だもの。それに、今の瑛さんにはあの人は二番目でしょ？　私たちの共通点がなくなっちゃうわ」

「…………」

「再就職しようと思って面接を受け始めたし、ちょうどいいと思わない？」

寝耳に水だったせいもあるが、何よりも、宏武はどう受け止めるだろうかと思うと、八城はすぐに答えを出せなかった。

宏武は至極まともな感性の持ち主だし、離婚すれば自分のせいで夫婦を壊してしまったと勘違いし、思い悩むかもしれない。

いくら説明したところで、宏武は八城と晴美の関係など理解し得ないだろう。

「どうしたの？」

「いや、離婚したらしたで彼が悩むはずだ。少し、考えさせてほしい」

「やだ」

晴美は驚いたように短く声を発し、口許に手を当てる。

「──まさか、冗談だったのか？」

「あ、違うの。離婚については本気なんだけど、瑛さんが他人をそうやって思いやるの、初めてだから」

そうまじまじと凝視されると、すこぶる居心地が悪かった。八城は場を持たせるために烏龍茶を一口飲み、それから口を開いた。

「僕は君の誕生日も結婚記念日も忘れてない。髪を切ったときだって、ちゃんと気づく」

「わかってる。瑛さんは記憶力がいいし、観察力もあるものね。でも、そうじゃないの」

深刻な話題だというのに、晴美は至極楽しそうにずいと身を乗り出してくる。

「外見みたいに観察してればわかることや、記念日みたいな決まった行事じゃなくて、他人の心の動きについてよ。人がどうしようが、基本的に気にしてないじゃない」

「気にしても意味がない」

「ほら」

晴美はくすくすと笑った。

手持ちぶさたになってつまんだマカロニグラタンは、少し冷めかけて固くなっている。

そういう晴美だって、八城のことをまだわかっていない。いや、わかっていてこってりとしたイタリアンを作ったのかもしれない。疲れているときは、重いものは御免蒙《こうむ》りたいからこそ、簡単なものでいいとあえてメールしたのに。

「せっかくだから、切り札に使っていいわよ」

「何を？」

「離婚なんて、大事なカードでしょ。使い方次第で相手の負担にも、原動力にもなるわ」

「わかった、そうしておく」

こういうときは、年下の晴美のほうが先生のようなものだ。

じつのところ、宏武を欲しくなったときに真っ先に相談した相手は晴美だった。欲しかった。

社内でのとある一件から意識し始めた部下のことを、見つめれば見つめるほどに触れてみたくなった。八城にとって欲しいという感情は寝てみたいという欲望と同義だったが、宏武に通じるわけがない。

仕方なく仕事中やそうでもないときにちらちらと彼を見つめて、機会を窺《うかが》っていた。

目は口ほどにものを言うとはいうものの、見つめているだけでは何も起こらない。

なのに、欲しいという気持ちは募るばかりで。

視線が唇ほどに饒舌《じょうぜつ》とは思えなくて、恋愛経験豊富な晴美にアドバイスを求めたところ、宏武のようなタイプは躰から落とすのが趣味と実益にかなっているという結論になった。

彼女の言うとおりに焦らしたり、押したり、退いたり……自分の欲望を抑えて宏武を突き放すのは、なかなか難しかった。なのに、宏武にいきなり「気が済んだ」と言われたときは挫《くじ》けそうになったものの、逆に、最後まで諦めるなと晴美に尻を叩かれた。

結果的に八城は欲しいものを手に入れることが叶い、それが晴美のおかげだと感謝している。

そんなふうに頼りになる晴美が小笠原に嵌り、離れられないのも皮肉な話だ。

「瑛さんはちょっと世間知らずだし、恋愛経験少ない……どころか限りなくゼロに近いもの。一緒にいられるうちに、できるだけ鍛えないと」

「君のことは、その……好きだと思う」

「好きじゃなかったら結婚しないでしょ？　それに、だからといって恋愛感情でもないじゃないの」

彼女は声を立てて笑い、しまいに笑い疲れて噎《む》せていた。


目が冴《さ》えて、眠れなかった。

八城がまともに自宅に帰ってくるのは滅多にないことだし、晴美とは最初から違う寝室で寝ていたので、こういうときも一人きりだ。

どうしたことか、今日はなかなか眠りに落ちてはくれない。

もぞもぞと寝返りを打っているうちに、爪先《つまさき》がずいぶん冷えてしまっていた。このところ宏武と同じベッドで寝る夜が続いたので、冷たいベッドに違和感を覚えている。

そんな自分に驚き、八城は小さく息を吐き出した。

帰ってからというもの、ずっと、宏武のことを考えていた。

おそらく、宏武は怒っているに違いない。それが八城の観察から導かれた結論だった。

やはり、小笠原と寝たことがまずかったのだろうか。

それなら、最初に止めてくれればよかったのだ。八城は鈍いほうだし、宏武は八城には想定外の動きをするので、よけいに上手く動けない。

宏武との関係を、上手く構築できないままだ。

上手くやろうとすればするほど、八城は空回りしてしまう。

小笠原に聞けば上手くやるためのコツを教えてもらえるかもしれないが、今回ばかりは、自力で解かねばいけない問題のような気がした。

どこから間違えてしまったのだろうと、八城は天井を睨みつけたまま考え始めた。

最初は、純粋に宏武と寝たかった。でも、彼は異性愛者だし、そうでなくとも八城を苦手にしているようだ。そんな相手と、同性という壁を越えられるわけがない。だから、あんな工作をして最初に小笠原との情事をわざと見せて彼の気を引いたのだ。

一度だけでいいはずだったのに、思いがけず何度も求められて、深みに嵌ったのは八城も同じだった。彼と抱き合うのをやめられなくなり、要求にはいつでも応じた。

いつか同性同士の不毛な行為に宏武が飽きるときが来る。そう知っていたけれど、一度は晴美の力を借りて宏武を引き留めた。

気に入った相手とならば躰の関係だけでいい、いままではそう思っていたはずなのに、宏武に限ってはそれでは嫌だと強く思う自分がいる。

——仕方ない。

自分からことを起こすのは得意ではないし、宏武に対しては二度目だ。

だが、何もしないで自然消滅というのも寝覚めが悪いと、八城は覚悟を決めた。

4

――話がある。時間を取ってほしい。

メールにそう書くと、宏武《ひろむ》は少し時間を置いて待ち合わせに隣駅に近い中華料理店を指定して返信を寄越した。

ラーメン屋よりはワンランク上といった様子だが、小笠原《おがさわら》ならば絶対に来ないような店だ。若いからこそ許される気取りのなさが、八城《やしろ》には眩《まぶ》しい。

三つしか離れていないくせに。

キスするときに嫌なので、にんにくの入ったものは無意識に避けてしまう。いろいろえり好みしてから注文すると、どこかふてぶてしい態度で宏武が八城を見据えた。

「話って何ですか」

「怒ってるんだろう」

いつになくぶっきらぼうな様子に気圧《けお》されつつ、八城は切り出した。

「……わかっていたんですか？」

「観察は得意だ」

「そういえばそうでしたね。忘れてました」

馬鹿にされているのか？

一瞬そう思ったが、ここで自分まで怒ったところで何の意味もない。

「僕を避けているのか」

「その点にも、気づいてるとは思いませんでした」

「気づくのは、当たり前だ」

この男は、八城をどれだけ鈍い人間と捉《とら》えているのか。

苛々《いらいら》と前菜の盛り合わせを突《つつ》いていると、宏武が耐えかねた様子でくすりと笑った。

「何だ」

「いや、八城さんでも苛立つことってあるんだなと」

「僕だってそういう情動くらいある」

「俺のこと、欲しいと思ってくれてました？」

「少しは」

「…………」

可愛げのない八城の言葉に、宏武が黙り込むのがわかる。

「……わかったよ。すごく、欲しかった。これでいいか？」

「はい」

宏武は頷き、そして不意に真顔になって八城を見つめた。

「――あの」

「何だ？」

前菜をぺろりと片づけた宏武は、グラスに注《つ》がれた瓶《びん》ビールを一気に半分ほど飲んだ。

「このあいだ、社長に会ったんでしょう」

「会社に行けば社長に会うのは当然だ」

「そんなこと聞いてませんよ」

ぴしっと言われると、八城は眉根を寄せた。

今日の宏武は、どうも扱いづらい。

「会った」

「どうして？」

「君は小笠原さんと個人的に会うな、とは言わなかったからだ」

八城の返答を聞いた宏武は、微かに眉根を寄せて口許に手を当てて考え込む。

「何だ？」

責任転嫁しているように聞こえるし、さすがの彼も立腹しただろうか。

「いや、意外な答えで」

問をしてきた。

「どこが」

「俺がそこまで束縛していいんですか？」

「君が会うなと言えば、会わなかった」

それを聞いた宏武は、「俺が告白してからも、まだ、続いてるんですよね？」と重ねて質問をしてきた。

「続いてるけど、一度だ」

「たったの？」

「君と毎日会ってたんだ。目移りする暇がない。それに、君の体力が保てば、小笠原さんと寝るまでもなかった」

本当は毎日だって、触れていてほしい。

しばらく黙り込んでいた彼は、それから押し殺した声で「わかりました」と言った。

もしかしたら、今度こそ本格的に怒らせたのだろうか。

彼は何か、決断してしまったのか。

どきりと心臓が震え、あまりの苦痛に八城は目を瞠《みは》った。

「森沢《もりさわ》？」

「社長に頼みます」

「何を」

「習いたいんです」

「だから、何を？」

埒《らち》の明かない会話に、八城は結論を急かした。

「あなたをどうやって満足させるか。そろそろ、社長には引退してほしいんです」

「引退？」

だめだ、先ほどから会話のキャッチボールすら成り立たない。

「あなたの愛人から。跡は俺が継ぐから、あなたのことを渡してほしい」

時々、宏武の真っ直ぐな心根には驚かされるが、それは今も同じだ。

いや、これはこれで歪なのだろうか。

目を見開く八城を正面から見据え、宏武は白い歯を見せて屈託なく笑った。

「つまり？」

「もう俺としか寝ないでほしいってことです」

開き直ったらしく、宏武の答えは飾り気がなかった。

「本気か？」

「はい」

「どこかおかしいと思わないのか？」

「つまり、おかしいって自覚はあるんですか？」

ぐうの音も出ないが、そのとおりだ。

八城にも常識を解し、それに照らし合わせて行動する機知くらい備わっていた。だから、自分たちの関係が歪んでいて、周囲の人間に理解し得ないだろうと知っていて黙っていたのだ。

そこに、宏武を入れてしまったのは八城の責任だ。

「体力に関しては俺の力不足もあって申し訳ないけど、社長にもあなたを思い切ってほしいんです。俺に任せられるようになれば、社長もあなたの誘いに乗らなくなるかもしれないし」

唐突に、宏武の思考を見失った気がした。そうでなくとも彼のことは読めないときが多いのだが、こんな演算結果を出してくるなんて、想定外もいいところだ。

啞然《あぜん》とする八城に、宏武は「八城さんも驚くんですね」と悪戯《いたずら》っぽく言ってのける。

「だって、本気なのか？　下手すると会社にいづらくなるだろう」

「そういうの気にしないでしょう、社長もあなたも」

「……よくわかってるな」

「そもそも気にする人なら、あなたに手を出した時点で俺は首を切られてると思いますよ」

自分のような多情な人間に真っ当な相手など現れないと思っていたが、宏武は眩しくなるほど真っ直ぐだ。

八城の底知れぬ多情さを知る昔の男の中には八城をいたぶり、虐め、あるいは面白がって

友人たちに八城を『振る舞う』ものもいたというのに。

こちらが息苦しくなるほどに宏武はまともで、自分が欲しがったことはやはり間違っていて、彼に悪いことをしているのではないかと考えてしまう。

今も、そうだ。

宏武の素直さを見せつけられて、八城は自分の胸のあたりが疼くのを感じた。

――そういえば、初めて彼を意識したのもその真っ当さのせいだ。

発端は、よくある社内トラブルだった。

八城と宏武の所属する第二事業部には、男性社員が出張で買ってきたお土産を女性社員かアルバイトが配るという風習があった。個包装してある菓子はすぐできるが、切り分けるようなケーキに関しては押しつけられたものの負担が大きい。だいたい、比較的新しい会社にそういう風潮があるのもおかしいし、現に他の部署にはそういう決まりが存在しない。かといって八城が口にすると波風を立てそうだと思っていたところ、転職して間もない宏武がその風潮に疑問を呈したのだ。

曰く、アルバイトの時給も経費なのだから、コストの無駄だと遠回しに部長に進言した。かねてより不満を抱いていた女性社員の助力もあり、さしたる波風も立たずにその習慣は消え失せた。

「返事は？　これで決めちゃっていいですか？」

宏武の声が、八城の回想を途切れさせた。

優柔不断だが決めるときは決める宏武の性質は、こういうときに強みを発揮するようだ。

「全然、よくない」

「どうして？」

欲しかったはずの相手が、今、急に恐ろしいものに見えてきた。

そうでなくとも、宏武との関係によって八城は生活も心も掻き乱されている。

放っておいたら、自分が自分でなくなってしまいそうだ。

宏武だけに縋《すが》る生活なんて、考えられない。とはいえ、小笠原とも宏武とも違う男と寝れば、今度こそ泥沼になるだろう。

かといってこのままでは宏武から離れられなくなりそうで、すごく……怖い。

それに、自分の存在こそが宏武の心根を毒しているのではないかと思い当たったまさにこの瞬間、ますます怖くなったのだ。

やっぱり、だめだ。

「僕は昔から、セックスが好きなんだ。依存症なのかもしれない。君一人に面倒を見られると思うか？」

往生際悪く、八城は赤裸々《せきらら》な台詞を口にした。

それで宏武が引き下がり、厄介な愛人交替の儀式などをやめてくれれば、この途方もない罪悪感から逃れられるのかもしれない。そう判断したからだ。

「みっともないと思うだろう？　逃げ出すなら、今のうちだ」

「いいえ」

想像に反して宏武はより真剣な面持ちになり、八城の空いていた左手を握った。

「逃げたくなんてありません。少しでもあなたが変わりたいと思ってくれれば、それでいいんです」

「変わりたい？　僕が？」

むしろ変わりたくない、変わるのを心底恐れているのに、変化を要求する宏武は残酷だ。

「言っておくけど、そういう話をされたくらいで俺は退いたりしません」

「な」

「あなたの思惑くらい、少しはわかりますよ」

そこで宏武は目許を和ませ、人懐っこい笑顔を見せた。

「会うなって言われたら会わないって今、言ったばかりじゃないですか。論理的じゃないことを言うなんて、焦っているからでしょう？　俺があなたに本気だってわかったから」

この男は、ずるい。

八城たちが作り上げた関係に易々《やすやす》と割って入り、それを壊そうとしている。なのに、その一途《いちず》さが八城の胸を震わせる。

自分の変化が我ながら怖いのに、宏武はまるでお構いなしだ。

「俺がついてます」

「根拠のない自信だ」

冷たく突き放しながらも、自分の指先が火照っているのに気づいて八城は情けない気分になった。

いけない。このままでは流されてしまいそうだ。

宏武を喜ばせるためなら、彼の願いを聞き届けたい——そんな不可解で滅多にない感情が生まれ、心中に渦巻いているのだ。

「でも、八城さん」

「何だ?」

「頬が赤いですよ」

「え」

八城が目を丸くして自分の頬に手をやると、宏武は「冗談です」と嬉しそうに告げた。

「なるほど、実地指導か。意表を突かれたな」

メールで切り出すと記録に残ってしまうので、八城は小笠原を呼び出して、有り体に宏武の提案を告げた。

閉店間際のカフェで話を切り出された小笠原は、怒るどころか感心しきっている。

「感心するところですか？」

「うん、大変ユニークな発想だ」

このところ、おかしいのは自分と小笠原、それに妻の三人だと思っていたが、宏武も十分に適応している。

おかげで、八城が常識から照らし合わせてこれはおかしいのではないか――などと、自分らしからぬ考えに煩悶《はんもん》させられる羽目になった。

「ヘッドハントしたやつも見る目がある」

「そういうことじゃないです」

八城がむっつり返すと、小笠原は逆に尋ねてきた。

「瑛《えい》、君は何が嫌なんだ？」

「嫌というか……」

言い淀《よど》んだ八城が最後まで言わなかったので、小笠原は勝手に話を続けた。

「でも、残念でもあるな」

「何が」

「彼には我々に毒されずにいてほしかったんだが。そうでなくては、君を渡せそうにない」

「渡されても困るでしょう、きっと」

八城は呟いた。

「自信がなさそうだな」

「ありません」

「君は欠点も多いが、長所もある。あまり悲観する必要はない」

欠点が多いのは自覚しているので、そう言われても腹が立たなかった。

「長所なんてありますか？」

「いつも一生懸命で目が離せない。情緒を解さないのに模倣して皆に合わせようなんて、健《けな》気《げ》すぎる。だから、君を手放せないんだ」

「健気、ですか？　僕が？」

「そうだ」

そう、なのだろうか。八城にはわからない。

「可愛いよ」

小笠原が穏やかに微笑したので、八城は照れ隠しで肩を竦《すく》める。

「そんな口説き方、あなたには似合いませんよ」

「やれやれ、そういうところは可愛くないな。――で、君はどうしたいんだ、瑛」

「愛人の新旧交代までは望んでいませんが、彼の気の済むようにさせてもいいのかもしれません」

「まあ、それなりに名案ではある。世代交代はいつの世にも必要だよ」

完全に面白がっている様子だったが、小笠原はこともなげに首を縦に振る。

「早いうちに時間を取ろう。我が家で歓待するよ」

「すみません、僕たちのわがままで」

「いいんだ」

小笠原はまるで気にせずに、笑みを浮かべたまま八城に向き直った。

「――さて、食事はどうしようか」

「食欲はないんです」

「じゃあ、うちに来るか？」

「いいえ、遠慮しておきます。疲れてるし、もう帰ろうかと」

あっさりとした誘いに、八城は頷かなかった。おかげで小笠原が訝《いぶか》しげな顔になる。

「帰る？」

「はい」

このあいだ宏武と食事をしたあとからお預けを食らわされているので、欲求不満ではある。

けれども、ここで小笠原と寝ると宏武がへそを曲げそうだ。

「操を立てるとは珍しいな」

「操って、そんなもの残っていませんよ」

八城の言葉を聞いて、小笠原はおかしそうに目を眇《すが》めた。

「でも、彼を大事にして、気を遣っているだろう？　面白い傾向ではある」

「何がですか？」

「君が私から離れていくのが」

「離れてなんて……」

「いるよ、瑛」

どこか淋しげに小笠原は口にしたが、すぐにその憂鬱そうな陰は消え失《う》せた。

5

体験講座の日程は、呆気なく週末に決まった。

ふざけた名目だったが、小笠原《おがさわら》がそう命名してメールのサブジェクトにしたのだから仕方がない。八城《やしろ》が宏武《ひろむ》の提案を伝えたときから、彼は完全にそれを楽しんでいる。

土曜日の午後に小笠原のマンションの最寄り駅へ向かうと、緊張しきった顔つきの宏武が4番と書かれた出口で待っていた。

「あ、八城さん」

「早いな」

待ち合わせより五分前に来たのに、宏武はそわそわと人待ち顔になっている。

つくづく素直で、真っ直ぐなやつだと感心もする。

「だって、遅刻したらまずそうだし」

「そうだな。——行こう」

「俺、すごく……緊張してます」

あんな大胆な提案をしておいて、今更、何を言っているのか。

八城は呆れかけたが、ここまで来れば乗りかかった船なので文句は言わなかった。

「――ここだ」

小笠原は都内ではよくあるタワーマンションの高層階に住んでいる。

部屋はいつも綺麗《きれい》にしているが、ここに来ると高さの概念が狂う気がして馴染《なじ》めなかった。

暗証番号を覚えていたのでエントランスから堂々と入り、教えられていたエレベーターを目指す。

エレベーターは東西南北に何台かあるので、間違えると面倒なことになるのだ。

土曜日の昼なので、廊下を歩いていると家族連れとすれ違った。三歳くらいの幼児を抱き上げている人物は、自分と同い年くらいだろうか。

そう思うと、おかしい。

健全すぎる彼らとは真逆に、自分たちはこれから不健全そのものの行為に耽《ふけ》りにいくのだ。

その対比が鮮やかで、八城は笑いたくなった。

エレベーターを降りて小笠原の部屋の前に立つと、インターフォンを鳴らす。すぐにドアが開き、私服の小笠原が姿を見せた。

「よく来たね」

微笑を浮かべる小笠原は、普段と変わりがない。

「お世話になります」

頭を下げた宏武と小笠原はほんのわずかな時間だけ見つめ合ったが、険悪さは皆無だ。

ほっとしつつ、八城は小笠原の部屋に上がった。


「まさか三人ですることになるとはね」

シャワーを浴びるよう言われたのは、八城だけだった。

自分を待っているあいだに宏武と小笠原がどれほど気詰まりな時間を過ごしたか、想像に難くない。

宏武は手土産にカヴァを渡したそうで、冷やしてから飲もうと小笠原は告げた。

寝室はブラインドが閉ざされ、薄暗い空間に変貌《へんぼう》していた。

なんとなくいたたまれずにバスルームで眼鏡を外したのは、正解だったようだ。

「初めてですか?」

「瑛《えい》とはね。ほかには何度かあるが、あまり好きではないんだ。それに、今日みたいな形式だと、淫靡《いんび》さが足りない。……瑛、タオルを取ってごらん」

「はい」

「まずは見ていてもらおうか」

頷いた八城が素直にタオルを落として全裸になると、小笠原がつかつかと近づいてくる。彼は湿り気を帯びた八城の膚に触れ、その肉体を手際よくベッドに組み敷いた。

「…………」

ベッドのスプリングを背中で感じ、八城はおそるおそる視線を上げる。

宏武が腕組みをしながら、ベッドサイドの椅子に腰を下ろすところだった。

自分に覆い被さる小笠原の顔が陰になっていて、表情がよく見えない。

二人はまだ着衣で自分だけが裸という状況だが、それは恥ずかしいことではなく、むしろ八城に歪《いびつ》な羞恥と昂奮を与えた。

こんな後ろめたい昂奮は、初めて味わうものだ。

「さて、どこから見せようか」

小笠原はからかうように問う。

「……どこからでも」

「前戯はちゃんとしてるのか？」

「焦らされるのは、嫌いって言われます」

八城の代わりに、宏武が質問に答える。

「だからってそこを省略するのは感心しないな」

囁いた小笠原の吐息が、首に当たってくすぐったい。目を細めた八城の膚に、小笠原は次次にくちづけていく。セオリーどおりのやり方だったが、今は、宏武という第三者の存在が普段とは違う唯一の点だった。

「ふ…」

いくら八城が過敏だといっても、躰のあちこちにキスをされるくらいではまだ盛り上がらない。

こちらに向けられたままの宏武の視線のほうが、強い刺激だと思えるほどだ。

今もいたたまれないのについ彼に視線を向けてしまい、そのまなざしに絡め捕られるように目を逸らせなくなる。

「わかるか、森沢《もりさわ》くん」

唐突に話を振られて、宏武はまるで夢から覚めたように「え」と短く返した。

「瑛はちっとも感じていないだろう?」

「あ、はい」

「ただ触れているだけでは、何の意味もない。それなりに刺激がないとね」

そう呟いた小笠原は八城の躰を起こさせると、自分の胸に抱き込む。それから、宏武に見せつけるようにして、八城を背中から抱えた。

「瑛、見せてあげなさい」

「何を」

「まずは乳首を弄られるところだ」

それはいいとして、相手に晒しものにするようなこの体勢はさすがに躊躇われる。

自分は見世物ではないからだ。

「小笠原さん、これは」

「我慢しなさい」

窘《たしな》めるように言った小笠原が、背後から手を伸ばして二つの乳首を捏《こ》ねる。

「ッ」

いつも、こうだ。

小さな胸の尖《とが》りを弄られているうちに、少しずつ息が上がってくる。敏感な乳輪がぷっくりと腫《は》れてくる頃には、口内が粘ついて舌を動かすのも億劫《おっくう》になってきた。

「もう、乳首、は……だめ、です……」

「嫌だったらここまで昂奮しないよ」

こういうときの、常套句《じょうとうく》だ。

なのに、この状況に順応し、反応してしまうのが我ながら情けない。

八城が抵抗できないと見た小笠原は、ぷくっと腫れたように膨らむ乳首を指の腹でしつこく弄り回した。

「やだ……嫌……ッ……!」

小笠原の巧みな愛撫《あいぶ》に、全身がすっかり汗ばんでいる。

けれども、いつもよりもそれが強い刺激だと思えるのは、宏武の視線があるからだ。

「見なさい、森沢くん」

「見てます」

どこか掠れたような宏武の声。

当然だ。先ほどから、宏武のまなざしを感じている。

それくらい小笠原だって百も承知だろうに、彼は意地悪だった。

八城のこんな姿を見て、宏武は何か感じているだろうか……？

「瑛がだいぶ感じているのがわかるか？」

「はい」

「どうなってる？」

「乳首が真っ赤だ。それに、もう勃《た》って……」

そこで直接的な単語を口にするのは嫌だったのか、宏武は言葉を切った。

「出そうになってるだろう？　瑛はこれくらいしつこく愛撫してやると、だいぶ可愛くなるんだ」

「知りませんでした」

「見られたくないんだろうね、溺れているのを。案外可愛いところがある」

独りごちた小笠原は、また続けた。

「借りてきた猫みたいだ。今日は遠慮がちだな」

くすりと小笠原は笑い、八城のうなじに嚙みついた。

「ッ」

鋭い痛みが、首筋を中心に広がっていく。

「せっかくだから、胸を吸ってごらん」

「俺も？」

「参加しなくては、君だって意味がないはずだ。これは実地研修だからね」

「…………」

ふらりと立ち上がった宏武が、八城の前に膝《ひざ》を突いて小さな突起の片方を吸った。

「あっ！」

途端につきんと熱い刺激が下腹部から脳にかけてを走り抜け、八城は躰を仰《の》け反《ぞ》らせていた。

その声を聞いた宏武が、衝き動かされるようにむきになって舐めてくる。

「あ、あっ、あッ…」

だめだと告げていいのか、それとも、もっとしてと訴えればいいのか。

わからない……。

少しずつ思考が混乱し、それに比例するように体温が上がっていく。いや、躰が火照るからこそ脳が働きを止めかけているのか。

「何か味がするか？」

「いえ、汗の……」

「そうだね。ミルクでも出れば面白いんだが、いくら瑛でもそれは無理だ」

当たり前だと言いたいけれど、よけいなことを口にする余裕がない。

躰の奥底から滾々《こんこん》と熱いものが湧き起こり、八城の深奥を濡らしていく。

「……ん、んっ……」

「控えめなのはつまらない。もっと声を出して、聞かせなさい」

自分を抱き込む小笠原の吐息。それから、宏武の唇や指、舌先の感触。

それらが何もかも、自分を酔わせていく。

「い、いいっ、くる……熱いの……ッ」

「そうだ。熱いのがどうした？」

促すような声。

そして、自分を上目遣いに見つめる宏武と、目が合った。

彼の視線。

刺し貫くような、強いこのまなざし。

その瞳に滲む欲望の気配に——引きずられる。

「待って、い、いく、いっちゃうから……あ、あっ、汚す……あうっ！」

あられもない声を上げて、小笠原と宏武に挟まれるかたちで八城は達していた。目眩《めまい》がしそうなほどの、快感だった。

小笠原の実地研修は、それだけでは終わらなかった。

あちこちを弄られたり舐められたり、挙げ句は説明されたり。

そして今、八城は四つん這《ば》いにさせられ、自分の襞がどんな色をしているかまで宏武に見られてしまった。

「淡いピンク色で……とても綺麗です」

「使い込んでいる割には清楚なものだ」

まるで品評会のように淡々と説明され、それを恥辱だと受け取る余裕すら八城には既になかった。

いい加減、こんな焦らすような行為は終わりにしてほしかった。

とどめを刺してほしくてたまらないのに、まだ何もしてくれないのだ。

たまらなくなって八城は腰を揺すり、「早く」と言ってみせた。だが、八城を観察する二人は動こうとしない。

遠慮するような玉でもないくせにと首を捻《ひね》って二人を睨《にら》むと、小笠原が苦笑した。

「瑛のほうが我慢できないようだね」

「そうみたいです」

「では、森沢くん。君から挿《い》れてごらん」

「いいんですか？」

宏武が驚いたように問い返す。

「私に権利をくれるのなら、たっぷり味わわせてもらうが」

「……いえ」

宏武は八城を四つん這いにしたまま、そこにぴたりと自分のものを押し当てる。

それだけで、体温が一気に極限まで上がるような気がした。

宏武だ。宏武の熱。もう、欲しくて欲しくてたまらない。

「あ…熱い……」

思わず言葉を漏らした八城を見下ろし、宏武は「挿れていいですか」と丁寧に尋ねてきた。

「いいに、決まってる」

昂《たかぶ》って半ば意識も途切れそうな中、八城は切々と訴える。

「本当に？」

「ああ、早く……」

微かに腰を動かして、尖端だけでも自分の中に挿れようとする。だが、宏武は巧みにそれを避けてから、先走りに濡れたもので尻のあわいをなぞった。

「意地悪してるのに、挿れてほしいんですか？」

「ン……挿れて……」

堪《こら》えきれずに訴えた途端、ずぶりと男が奥深くに押し入ってきた。

「あーっ！」

嬉しさから声が弾み、八城はすぐに達してしまう。白濁で下腹部とシーツをじっとりと穢《けが》し、腰を左右に揺すりつつ男を受け容れる。

「あ、あっ、すごい、入る……」

「だめ、ここで我慢して」

我慢しろと命じる宏武の声は、すっかり掠れていて甘くさえ響く。

「やっ……どうして……」

「代わりにこちらを挿れてあげよう」

八城が情欲に濡れた目で見上げると、小笠原が八城の前で服をくつろげる。フェラチオを要求されているのだと気づき、八城は従順に口を開いた。

「んむぅ……」

上下の口を塞《ふさ》がれた八城は、恍惚《こうこつ》とした気分で腰を振る。

「……すごい、おっきい…」

いつもこれが好きだった。小笠原を食《は》み、舐《ねぶ》り、その雫を飲み干すのが。

今、こうして二人に抱かれている。

躰の芯からどろどろに溶けてしまいそうな、激しさで。

「はむ…んふ、んっ……んあ…っ……」

けれども、八城がより意識して感じようとしているのは、宏武の熱だった。

一度に比べてみれば、よくわかる。

そう、ずっとこれが欲しかったのだ。

この熱が。

それは今だけの話ではなく、宏武に触れられなくなったときからずっとだ。

だから物足りなくて、淋しくて、落ち着かなかったのだ。

「んく……んっ」

「少し下手になったね、瑛」

「そう、ですか？　すごいですけど……今も、きつくて……」

小笠原の揶揄《やゆ》に対して、宏武が反論する。

終わりはなかなか来なかった。

宏武が割合呆気なく達ってしまったのに比べ、小笠原は自制を保っていたからだ。それでも時間をかけて二人分の精液を受け止めた八城は、自身もまた何度か爆発して肩で息をする。

「平気ですか？」

「わからない……」

躰は平気なのに、頭の中がぐちゃぐちゃだ。

確かにセックスは好きだけど、こんなふうに頭も躰も掻《か》き乱されたのは初めてで、八城は混乱しきっていた。

「よく頑張りましたね」

寝台の端に腰を下ろし、小笠原と交代するかたちで宥《なだ》めるように自分を背中から抱いてくれた宏武の体温が、心地よい。そう思って荒い息を整えていると、八城の前に膝を突いた小笠原が唐突に下腹部に顔を埋《うず》めた。

「ッ！」

さっきまでされていたことと、逆だ。

「あ、待って……それ、熱い……」

途端に緊張する八城に、宏武が「どうしますか」と尋ねた。

「熱くしてるんだよ」

囁く小笠原の声。

「挿れて……」

「でも、今度は俺じゃなくて」

小笠原の番だと暗に示されたものの、八城は頑《かたく》なに首を振った。

「君が、いい」

言葉にすると、その気持ちがいっそう強くなる気がした。

回数でも何でもなく、欲しいのは密度とこの思いだ。

それを、八城は初めて知った。

「君が、いいんだ」

今度は強く言い切った八城は首を捻《ひね》り、後ろから引き寄せるようにして宏武の顔を自分に近寄せる。それから強引にキスを奪うと、宏武が驚いたように目を瞠ってから、すぐにくちづけで返してくれた。

「じゃあ、挿れます。覚悟して」

「んーっ！」

今度もまた熱く大きなものが入り込んできて、八城は歓喜の声を上げた。

同時に小さな爆発が起き、小笠原が放った精液を舐め取ってくれる。

言葉にならないけれど、何か、とても伝えたい思いがある。それが何かわからなくても、今は構わない。

「まったく、ずるい二人だ」

口許を拭った小笠原が顔を上げ、八城の性器を掌で包み込んで愛《いと》しげに扱《しご》く。

「年寄りをだしにしないでくれないか」

ちっともそう思っていないくせに。

「すみません、でも…気持ちいい……」

「ホントに、いいです。八城さんが、ぴくぴく震えて、俺を包んで……」

感極まったような声で言われて、八城は笑いを漏らす。

「うれしい……」

「嬉しい？」

「君が、気持ち…いいのが……」

とても、嬉しくて。

一人ではないのだと、実感している。

今、彼と躰を繋げているのだと。


八城がたっぷり搾り取ってしまったせいか、宏武はまだ眠っている。

のろのろと起きだした八城が自分のシャツとジーンズを身につけて裸足《はだし》でリビングへ向かうと、窓際に立った小笠原は夜景を見ながらグラスを傾けているところだった。

「先に飲んでいたよ。君は？」

開けたのは、宏武が持ってきたカヴァのようだ。

「もらいます」

シャンパングラスにきんと冷えたカヴァを注がれ、八城はごく自然に小笠原とグラスを合わせた。

「意外だったよ」

「何が、ですか？」

「てっきり、三人でするのに君が溺れるのかと思ってた」

「すみません。余裕がなかったんです」

実地研修のためか、小笠原は指導するばかりで八城に挿入しなかった。

「余裕がなかったというよりも、彼を選んだんだろう？」

「…………」

八城は黙り込む。

選んだつもりはないが、二人の関係に小笠原を挟むのが嫌だった。

抱かれるのなら、宏武一人がいいと思ったのだ。

「ごめんなさい、気が利かなくて」

悩んだ末に八城がまったく違う言葉を口にすると、小笠原は喉を震わせて笑った。

「いいんだ、それで」

「でも、僕は」

「せっかく、やっていけそうな相手を見つけたんだ。できるだけ仲良くしなさい」

「……はい」

この期に及んで先生面するのはどうかと思うが、結局は、年上の小笠原には逆らえない。

それに、こういう引き際のスマートさが小笠原の長所だった。

「彼を大事にすると約束するか？」

「上手くできるかわからないけど……自分のやり方でやってみます」

躊躇《ためら》いつつも頷くと、小笠原は微笑して八城の頬に触れる。くすぐるように頬骨のあたりを指で撫でてから、額にくちづけてきた。

「あの……？」

こんなふうに性愛の匂いのしないキスをされるのは、初めてだ。

まるで家族のように、慈しむような接吻《せっぷん》。

「……だそうだ、森沢くん」

小笠原がおかしそうな顔で視線を投げたものだから、八城ははっとしてそちらを見やる。

リビングの入り口のところには、さっきまで寝ていたはずの宏武が極めてばつが悪そうな顔で立っていた。

「森沢……!?」

「すみません、目が覚めたらあなたがいないから……」

「……聞いていたのか」

「はい」

悪びれずに首を縦に振り、宏武は近づいてくる。

「よかった。あなたが、俺を欲しいと思ってくれて」

「最初から思ってる」

八城は俯きながら、訥々《とつとつ》と言ってのけた。

「最初から、そうだ。君が……毎日できればいいのにって思ってた。君になら、毎日だって触れたかったんだ」

早口で言い出した八城を見やり、宏武が「そうなんですか!?」と素《す》っ頓狂《とんきょう》な声で問う。

「一歩間違えれば泥沼間違いなしなのに、こんな関係の中に飛び込めるなんて、恐ろしく勇気がある。君は十分に変わり者だ」

それが小笠原の宏武への評価だった。

「俺、自覚はなかったですが、そういうことになりますか？」

「十二分にね。さすが、瑛が選んだだけある。毎日とは言わないが、この子を可愛がって……満足させてやってくれないか」

「研究してみます」

「仕事も疎かにしないように頼むよ」

小笠原はおかしげに言うと、「さて」とカヴァのグラスをテーブルに置いた。

かたんという音に、魔法が解けたように三人のあいだにあった濃密な空気が薄れていく。

「そろそろお引き取り願おうか？」

「え？　もう、ですか？」

宏武が目を見開く。

「これ以上、君たちの行為を見せつけられるのは、いくら私でも御免だ」

「すみません」

頬を染める八城を見やり、宏武も途端に申し訳なさそうな顔になった。

「いいんだよ。最後にコーヒーでも淹れようか」

「はい、ご馳走《ちそう》になります」

こうして彼とコーヒーを飲むのも、これで最後なのかもしれない。

一抹の淋しさが八城の胸中を満たした。

6

残された土曜日の夜と日曜日の昼間を、八城《やしろ》は宏武《ひろむ》と二人きりで過ごすことになった。

土曜日の深夜に帰宅してからはさすがに何もしないで寝てしまったが、日曜日の朝、八城は宏武の腕の中で目を覚ました。

借りたパジャマの腕に鼻面を押し当てると、そこから宏武の匂いがするみたいだ。

まともな感性の持ち主が、ああいう夜を過ごしたあとで何をするかはわかっている。

重い事実を含んだ話し合い。

それは、さすがに嫌だ。これ以上、自分の心を丸裸にされたくない。

――ならば、やはりこちらに逃げるべきではないだろうか。

八城は宏武を見下ろして、舌舐《したな》めずりをする。

「んー……」

そのうえ、口を半分開けて眠りを貪《むさぼ》る宏武がこんなときは可愛く思えた。

「ふ」

更に深くベッドに潜り込んで男の性器に手を添え、それに唇を押しつける。

「美味しい…」

自然とその言葉が口を衝いて出てくる。

まるで飴《あめ》か何かのようにしつこく舐《ねぶ》っていると、寝惚《ねぼ》けているのか、宏武が自分を押し退《の》けようとした。

それをものともせずに舐めているうちに、いきなり、彼の躰がびくっと震えた。

「八城さん⁉」

「したく、なったか?」

八城がとびきり淫らに誘いかけると、寝起きの宏武が目を擦った。

「待ってください。まだちゃんと話を」

残念ながら混乱はしていないらしい。

「朝からずいぶん、理性的だな。でも、話をしなくてもいい。君の言いたいことはわかる」

一気に言ってのけた八城を見つめ、宏武はわずかに眉根を寄せて疑わしげな顔をしている。

「どんなふうに?」

「——ほかの男と寝ないでほしい」

八城が声を落として言うと、宏武は「え」と目を見開く。

「わかってましたか?」

「うん。昨日……わかった。もう、いいだろう」

八城が早口にまとめるのを見つめていた宏武は、すぐさま思い当たった様子で唇を綻ばせた。

「だから照れ隠しに俺を襲ってるんですか？」

「……どうしてそう思う」

手の内を読まれた驚きに、声が揺らいだ。

「わかりますよ、それくらい。――それに、強いて言うなら、あなたの目がそう言ってる気がして」

それなら、宏武だって同じだ。

無防備だけど、もの言いたげなそのまなざし。

目は口ほどにものを言うというのは、やはり嘘ではないのだろうか。

今も宏武の視線は雄弁で、無邪気で、だからこそ、八城を丸裸にしてしまう。

取り繕ったり演じたり、模倣したり――そんなことばかり得意な八城を落ち着かない気分にさせて、誰にも言えない本音を引き出してしまうのかもしれない。

唐突に照れくさくなった八城は、宏武から躰を離して布団を頭から被った。

「あれ、しないんですか？」

「……やっぱり、いい」

八城が触れていても反応が鈍かったし、この状態で宏武に何かをさせるのは酷だ。しかも既に八城の手の内は読まれているので、これ以上何かするのも癪《しゃく》だった。

「じゃあ、代わりに美味しいお茶でも淹れます」

「コーヒーじゃなくて？」

「俺、緑茶党なんです」

「ふうん」

小笠原のコーヒーに対抗しているのだろうか。

着替えを終えた宏武が欠伸をしながら寝室を出ていったため、八城も動きだすことにした。パジャマの上だけを着た八城は、リビングダイニングに置かれたくたびれたソファに腰を下ろす。そうして相手を見守っていると、彼はやかんで湯を沸かし始めた。

それだけで、胸の奥がじわっとあたたかくなるようだ。

それは、セックスのときに誰かと繋がっている感覚に似ている。あのとき得られるぬくもりとよく似て、八城を隅々まで満たした。

ああ……そうか。欲しかったのは、きっとこれなんだ。

快感でも、スリルでも何でもなくて。

宏武のそばにいたい。

毎日だって、そばにいたい。

会社でも毎日顔を合わせているのに、プライベートでも一緒にいたいと思う。

片時も離れていたくなくて、このぬくもりで満たされていたいと願う。

これが、きっと……。

「好きだ」

「え⁉」

慎重に茶葉の分量を量っていた彼が、がばっと顔を上げる。

その拍子に茶葉が零れたらしいが、彼は茶筒をダイニングテーブルに置くと、ずかずかと大股で近づいてきた。

「八城さん、今、何て……」

「好きだって言った」

「ホントですか……⁉」

宏武はきらきらと目を輝かせており、それが眩しいくらいだ。

欲しいと思った。

どうしようもなく宏武を欲しいと思っていた。それがすべての出発点だ。

最初に感じたその気持ちを、恋という言葉で解釈してよかったのだ。

その証拠に、今はこんなにもしっくり来る。

すべての感情が。

「……ごめん」

「何が?」

「僕は鈍いんだ。よく、言われるけど……」

「いいんですよ」

屈託なく笑った宏武が八城の頬に触れて、唇を押しつけてくる。

躰に電流が走るみたいで、八城はびくっと身を震わせる。

こんなに甘くて胸がどきどきするキスを味わうのは、初めてだった。絡ませた舌の感覚を追えないほどに頭がくらりとするが、それ以上に、幸福感に満たされていた。

指先までぬくもりが行き渡り、全身に悦びが駆け巡る。

もう、これだけで満足してしまいそうだ。

「ン」

「しても、いいですか?」

「僕を、欲しくなった……?」

「はい。もう、我慢できない」

苦しげに呻いた宏武が、八城の肩に額を擦り寄せる。自分の匂いを嗅いでいるのだと思うと、欲望が倍加して胸をちりちりと焦がす。

どうしよう、もう、一秒だって我慢できない。

「じゃあ、挿れて」

自分でもそうとわかるほどに昂奮して、舌が縺《もつ》れかける。

「すぐに?」

「うん。昨日から、ずっとして……解《ほど》けてる、から」

ソファでするのはどうかと思って床に降りたところ、そのままラグの上に組み敷かれた。

「っ」

「ごめん、でも、ここでさせて」

押し倒された八城が誘うように腰を浮かせると、その場に膝を突いた宏武が八城の尻を惹きつけるようにして下肢を自分の固い腿《もも》に載せてしまう。

「あ……ーッ」

乱暴にパジャマの裾を捲り上げられ、少しずつ宏武を埋め込まれていく。

「く、ふ…ッ…う…、…」

すごく、熱い。こんなのは初めてだ。

脱げかけたパジャマの上に、あっという間に大粒の汗が滴った。

「入った、全部」

知らないうちに詰めていた息を吐き出し、八城は震え声で告げる。

自分の身の内にいる宏武の息遣いまで、鼓動まで感じ取れるような気がした。

それくらいに深いところで、彼と今、ひとつになっている。

「は、あ……う、動いて……」

荒く呼吸をしながら、八城は懸命に訴える。

「わかってる」

いつもと違って乱暴な口ぶりで答え、宏武が両腿を摑んで激しく突き上げてきた。臓腑《ぞうふ》が押し上げられるくらいに激しい律動に、八城の目に薄く涙が滲んだ。

「ふあ、あ…ッ……」

咥《くわ》え込んだ宏武を片時も離したくないとばかりに、内壁が自然ときつくなってしまう。その緻密《ちみつ》な襞をあやすようにあしらい、八城の中にある快感の源泉を的確に突いてくれる。

「あっ、あっ、ああっ…」

太く逞《たくま》しい肉塊《にくかい》でこうやって肉層を扱かれるだけでも気持ちいいのに、そんなに荒々しく貫かれたら、擦られたところから蕩けてしまいそうだ。

「…い、いい、いいっ……あーっ、そこ、そこ、そこっ」

よくてよくて、もう、自分で自分を制御できない。

日曜日の昼間からこんなふうに激しい嬌声《きょうせい》を上げてしまい、宏武の家の壁と床が分厚いことを頭の片隅で祈るが、すぐにそんな些事《さじ》は脳裏から吹き飛んだ。

もっと、してほしい。

何もかも溶けてなくなるくらいに、激しく。

「んん、んっ……んあっ…いい…ッ……」

「すごい、八城さん」

発する言葉は皆喘ぎになってしまいそうで、上手く意味をなさない。あられもない声を上げる八城を熱いまなざしで見つめ、宏武は息を弾ませる。

「突いて、そこ、いい……いいっ、突いて、ううん…出して…ッ…！」

「まだ、です」

汗を掻いた膚同士がぶつかり、ぬるりとぬめっている。宏武の上から八城が落ちたりしないように、彼は腰をがっちりと抱え直してくれた。

「ふ、」

息を整える間もなく、腰を凄まじい勢いで打ちつけられる。肉と肉があたる音。汗が粒になって弾け、あたりに飛び散った。

「よくなって…ぼく、で…っ…」

「なってる。すごく可愛い」

敬語をかなぐり捨て、宏武は声を弾ませて「すごくいい」と訴える。

やわらかくて敏感な部分を抉られると、快感と喩え難い衝撃で躰が弓のように撓んだ。

もっと、そこを突いてほしい。もっと強く、深く、ぐちゃぐちゃになるくらいに。

「早…く…あ…あ、あ、あたる、あっあぁっ！」

もう、自分でも何を言っているのかわからなかった。

「可愛いです」

呟いた宏武が身を倒し、強引にキスを奪う。のしかかられると躰が軋みそうだ。こんな姿勢はどだい無理なはずなのに、顎にくちづけると汗で塩辛いが、その味が愛しい。

こんなふうに打ちつけられてばらばらになりそうなのに、さっきから感じるところを突かれて、頭が真っ白になって。オーバーヒートしそうだ。

今も、すごく気持ちがよくて、もうどうにかなりそうだ。

「出して、いいですか」

「出して…中にっ……」

ねだるとボルテージがいっそう上がり、八城はきつく男を振り絞りながら快楽の階段を一足飛びに駆け上がった
「あ、あ、っ…いく、いく……ーッ！」

小さく呻いた宏武が、八城の中に己の精を解き放つ。

もう薄くなってしまった精液を吐き出しながら、八城は半ば無意識のうちに「宏武」と彼の名前を呼び続けた。

「なんか、俺、高校生に戻ったみたいですよ」

シャワーを浴びてきた宏武が、ベッドに身を投げだしている八城の傍らに腰を下ろす。

「何が」

「好きだから、ずっとしたくて……あなたを欲しくて、たまらない」

宏武の正直な言葉に、八城は「中学生の間違いじゃないのか」と真顔で指摘する。

とはいえ、原始的な欲動に動かされているのは自分も同じだ。

まるで子供に戻ったみたいに、純粋に相手を求めている。

求めて、求めて、終着点がわからないくらいに相手を欲してしまう。

こんな気持ちになるのは、生まれて初めてだった。

「まあ、どっちでも一緒です」

「――それもそう、か」

言われてみれば、確かに、これが初恋かもしれない。

体験し得なかった思春期を、そのときの恋を、今やり直している。

その相手が宏武だったのは、幸運でかつ幸福だ。ひねくれた八城にも、それくらいの認識はあった。

ベッドの中で宏武に躰を擦り寄せると、宏武が突然躰を強張《こわば》らせた。

「どうした？」

何かいけないことでもしたのだろうかと、八城は眠い目を開ける。

「いえ、その」

宏武の返答がかなり歯切れが悪いので、すっかり目が覚めてしまった八城は「きちんと言って」と促した。

「べたべたされるの、嫌いかと思ったんです」

「……好きになったんだ」

八城はそれだけを言うと、寝返りを打って宏武の目から逃れようとする。それでも甘いかもしれないと思い立ち、布団を頭からすっぽりと被った。

「本当ですか？」

返事はしない。

だめだ。こんな状態で何を言っても、宏武を喜ばせてつけあがらせてしまいそうだ。

もちろんそれは吝《やぶさ》かではないけれど、何だか、自分が自分でなくなったみたいで悔しい。

何もかもが、今までの自分とは変わってしまった。

――晴美《はるみ》の言うとおりだ。

彼女の提案どおりに離婚はするつもりだけれど、このカードは今は切らないでおこう。

そうでなければ、主導権を全部、宏武に握られてしまいかねない。

だから我慢しなくてはいけないのに、こみ上げてくる感情を抑えられないのだ。

「……好きだ」

小声で八城が呟くと、宏武は布団の上から覆い被さるようにして八城を抱き締めてきた。

「俺も、大好きです」

「………………」

「聞こえませんか？」

聞こえていると返事をする前に無理やり布団を剝ぎ取られて、八城は渋々視線を上げる。

すると、至近距離にいる宏武が、真剣な顔で八城の答えを待っていた。

どうしよう、この目に弱いんだ。

彼に見つめられると、八城は芯からふにゃりと蕩けてしまう気がする。

けれども、それがあまり嫌ではないのだ。

「大好きです、瑛《えい》さん」

だめ押しに、とびきり上等の笑顔。

そもそも、好きな相手にこんな顔されたら陥落するほかない。

おまけにこんなに真っ直ぐで飾り気のない、無防備な視線で自分を見つめるのだ。

全身全霊で、好きだと訴えてくるてらいのないまなざしで。

それが何よりも的確な攻撃になっているのに、宏武はまったく気づかない。

その点が悔しくてずるいと思うけれど、彼のこの一途な視線を求めているのは、誰よりも八城自身にほかならない。

だからもう、絶対に手放したりしない。

「知ってるから、何度も言わなくていい」

悔し紛れに答えた八城は、それでもたまらなくなって彼の首にしがみつき、もう一度熱くて甘いキスをねだった。

不器用な恋人

森沢宏武《もりさわひろむ》の恋人――八城瑛《やしろえい》は、外見からは判断できないが、中身はかなりの変わり者だ。感情の機微《きび》に疎いから他者の模倣をして上手《うま》く振る舞っていると平然と言い放ち、仕事はできるが私生活は乱れきっている。

何しろ結婚していたくせに社長と不倫し、その妻も公認で社長と関係を持っていた。何よりもセックスが好きで、どちらかといえば快感に対する依存傾向すらありそうだ。

宏武の持ち合わせるモラルからいえば、本来、恋に落ちることはあり得ないし、気だって合わないような相手だった。

なのに、好きになってしまった。最初は躰《からだ》からだったが、いつの間にか、彼のギャップから生み出される可愛さにすっかりのめり込んでいた。

「あの、瑛さん」

ベッドで昏々《こんこん》と眠る八城を起こすのは気が引けたものの、宏武は意を決して声をかけた。

「ん？」

「ご飯できたんですけど」

日曜日の一食目はブランチを兼ねているので、しっかり食べたい。前は自炊もあまりしなかったのだが、八城が泊まりにくることが増えていつの間にか改善された。サラダとスクランブルエッグは完成済み。バゲットはあとは軽く焼くだけだ。

「……あ、そうか」

呟《つぶや》いた八城はパジャマのまま身を起こし、それから、手持ちぶさたに立ち尽くす宏武にちらりと視線を向ける。

「何？」

「いえ、おはようございます」

「うん、おはよう」

つき合い始めてもうすぐ一年。

せめて恋人らしくおはようのキスくらいしたいが、八城の羞恥《しゅうち》の基準は未《いま》だに謎で、朝のキスを実行すると三回に二回は睨《にら》まれる。そのうえ昨晩は八城が恥ずかしがるのも構わずに、延々と愛撫《あいぶ》を続けてしまったこともあり、そうは見えなくとも怒っているのではないのだろうかと危惧《きぐ》していた。

八城は躰を繋《つな》げているあいだはあられもない姿を見せてくれるのに、愛撫を嫌がるし、ピロートークも未《いま》だに苦手のようだ。たぶん、彼は自分が乱れているのを見られるのが、恥ずかしいのだろう。挿入しているときは宏武も溺《おぼ》れているし、お互い様との心理も働くのかもしれない。

そういう彼の気質を知っているからこそ、宏武は八城にはかなり慎重に接している。

昨日のことが尾を引いているのかいないのか、いつもと変わらぬ態度でいないで教えてほしい。こういうとき、あまり感情を表に出さない八城とのつき合いは厄介《やっかい》だ。

「えっと……その……」

言い出しかねている宏武に一瞥《いちべつ》をくれた八城は、小さく伸びをする。それが可愛くて抱き締めたくなったが、手を伸ばそうとした刹那、彼は手近にあった眼鏡を装着してしまう。

——う。

眼鏡がガードになっているようでどうにもキスしづらく、宏武はそれを断念せざるを得なかった。

「洗面所、借りる」

立ち上がった八城は宏武を軽く押し退け、何度も欠伸《あくび》をしながら洗面所へ消えていった。しばらくしてから戻ってきた八城がダイニングの椅子に腰を下ろしたので、宏武は湯呑みに適温の緑茶を注ぐ。この部屋でコーヒーを淹《い》れないのは、八城の不倫相手だった小笠原《おがさわら》匡《ただし》への対抗意識が残っているせいだ。

「あの、こんなに毎週うちに来てて平気なんですか?」

「どうして気にするんだ?」

緑茶で唇を湿らせた八城が、怪訝《けげん》そうに宏武を見やる。

「だって、それは」

「もう一年も経つだろう。まだ君は慣れていないのか」

「だから、けじめをつけないといって思うんじゃないですか」

宏武がむっとした顔つきで告げると、八城がちらりと視線を天井に向ける。それから今度はダイニングテーブルに載ったサラダを、険しい視線で睨《にら》みつけた。

「離婚した」

「……いつ⁉」

「先週」

まさに、青天の霹靂《へきれき》だった。

「どうして言ってくれないんですか⁉」

先週末も彼はこの部屋に泊まったし、平日だって何度か遊びに来た――が。

「言うきっかけがなかった」

「いや、あったでしょう」

びしっと言うと、顔を洗った八城が拗《す》ねた顔つきになって宏武を真っ向から見据える。

「何だ、その言いぐさは。まさか、離婚してほしくなかったのか」

「え」

「どうなんだ」

鋭い詰問調の台詞《せりふ》。そのうえ八城が眼鏡越しにきつく宏武を睨みつけていて、かなり怖い。

「いや、してほしかったです」

「だったらいいだろう」

そういう問題だろうか、と宏武も眉間《みけん》に皺《しわ》を作った。

「それとこれは別です。二人にとって大切なことは、すぐに言ってほしいじゃないですか」

「そんなに大事か？」

「たとえ名目上であっても、あなたが他人のものか自分のものかは、すごく大事ですよ」

宏武の解説を受けて、しばしの沈黙があった。

「――君を喜ばせたかった」

俯《うつむ》いたままで、彼はどこか悔しげに言葉を紡ぎだす。

「じゃあ、すぐ言ってくれても……」

「でも、困らせたくもなかった。何か、その……いいタイミングを待ってたんだ」

言い淀む八城を見ていると、一応はすまないと思っているらしい。それに、彼なりに宏武に事実を明かすタイミングを迷っていたようだ。

「それなら、どうして今日言ったんです？」

「――おはようの」

「え？」

「おはようのキスをしなかったから、何か怒ってるのかと」

それを聞いた宏武は、真面目な話をしているのも忘れて思わず噴き出した。

要するに八城は、宏武の機嫌をよくするためにそんなことを口に出したのだ。

「どうして笑う?」

「いや、あなたはすごく可愛いなって思って」

「な」

途端に八城は、リトマス試験紙のように真っ赤になった。

おはようのキスと離婚したという情報を引き替えるあたりが、しみじみと八城らしく思えた。彼なりに、その話題が宏武を喜ばせるかへこませるかを慎重に検討した結果なのだろう。

そういえば、いつもより洗顔してくる時間が長かった気がする。

「じゃあ、キスして、いいですか?」

「今の話を聞いていなかったのか?」

「いや、聞いていたけどいつも嫌がるから嫌なのかと思って」

「……恥ずかしいに決まってる。日本人なんだ。そんな習慣はない」

目を伏せた八城は、耳朶《みみたぶ》まで赤く染めていた。

「じゃあ、社長はどうなんです? あの人は顔立ちも結構濃いし、どこもかしこも日本人離れしてるじゃないですか」

「あの人は別だ」

小笠原のことを例に出されて、八城はあっさり答える。

「別って、どうして?」

「だって本当に外国の血が入ってる……みたいだし」

「そうなんですか？」

「うん」

それでもそのあたりを詳しく言わないあたり、八城も知らないのか、あるいは小笠原のプライベートについては明かすつもりはないのだろう。

小笠原は相変わらず八城を大事にしていて、さすがに肉体関係はないだろうが、何かと世話を焼いているらしい。話を聞くとそれが三十代の男への接し方かと気になるが、無粋なことを言うと器量が小さいと思われそうでぐっと我慢している。早く、小笠原よりも八城を甘やかせるようになりたかった。

「……すみません。話が逸《そ》れたけど、とにかく、どうして普段はさせてくれるんですか？」

「そういうことは深く追及するな」

要するに、八城もおはようのキスは嬉しいということのようだ。

喜ばしいことを聞かされ、それならば今からでもキスをしようと思ったそのとき、八城が「あ」と声を上げた。

「どうかしたんですか？」

途端に悔しげな顔になり、八城が視線を泳がせる。

「もっと別のことに使えばよかった、今のカード」

「今のって、離婚したってやつ？」

宏武が尋ねると、真顔になった八城はこっくりと頷いた。

「俺に何をさせたかったんですか？」

「……二人きりでいるときは敬語はやめてほしいって。前から君に……宏武に言いたかった」

自分だって慣れていないくせに、言い直すところが可愛い。

だけど、それくらい、言ってくれれば叶えてあげるのに。

「それはまたあとで考えましょう」

「あとで？」

「そうです。今は、キスさせてください」

「敬語はよせと……」

「じゃあ、キスさせて……瑛」

「……うん」

やっとお許しが出たので、彼の傍らに回り込む。自分で眼鏡を外し、目を閉じた八城が顔を上げてくれたので、そのすっきりとした面差しを間近で見られた。

いつになく素直な恋人の姿はやっぱり可愛くて、宏武の口許は緩みそうになる。

最初はまず、彼の唇を啄《ついば》む。すぐに目を開けた八城が物足りなそうなまなざしで訴えたので、今度はぎゅっと唇を押しつけ、その口が薄く開くタイミングで舌を滑り込ませた。

「ン……」

幸せだった。

八城は不器用だけど、彼なりに精いっぱい自分を大切にしてくれているとわかるから。

それを端々で感じるたびに、愛されていると実感できる。

たとえどれほど面倒でも変わっていても、そういうところを全部含めて可愛くてたまらない。要するに宏武は、心底、彼に惚《ほ》れているのだ。

おはようのキスくらい、この先何度でもしてあげよう。無論、八城からしてくれたっていっこうに構わない。

とりあえずこのキスが終わったらそう言ってみようと心に決め、今は、八城とのキスに溺れることにした。

あとがき

こんにちは、和泉桂です。

このたびは『饒舌《じょうぜつ》な視線』をお手にとってくださってありがとうございました！

この話は以前、『饒舌なまなざし』というタイトルで雑誌に掲載していただいたものです。微妙に改題したのは、同じ幻冬舎コミックスのリンクスロマンスから『無垢なまなざし』というタイトルで新書を出していただいているので、関連があるように見えてしまうかと危惧したためです。

この作品は当時から「現代ものなのに趣味に突っ走って書いちゃったなあ」という内容でした。掲載誌のページ数にかなり制限があったので、仕事面などは思い切って省き、宏武《ひろむ》と八城《やしろ》の関係に重点を置いています。今回文庫にしていただくにあたり読み返してみて、本当に好きな方向に暴走していると実感しました。自分なりの趣味と歪《いびつ》な萌えが詰まっているので、皆様が胸焼けなさるのではないかと不安でなりません。

何しろ攻の宏武以外の主要登場人物が、皆、常識が通用しないという……。現代もの、しかも短編のくせに濃いキャラばかりで収拾をつけるのが大変で、当時の自分はいったい何を考えていたのだろうと、自問自答してしまいました。

私は基本的に受にちょっかいを出すおじさまという構図が昔から大好きなので、今回もそういう関係が出てきます。小笠原《おがさわら》は見た目も性格も濃厚でまさに好事家という人物なので、書いていてそれはそれは楽しかったです。

八城はクール眼鏡受を目指したのですが、いろいろな意味で天然に分類されるのかもしれません。そして宏武は大型犬です。八城に毒されませんように、と書きながら切に祈っておりました（笑）。

雑誌掲載作は方向性や一種の勢いを削《そ》いでしまわないように気をつけつつ、できるだけ改稿いたしました。仕事やキャラクターの周囲について描写を重ねるかを迷ったものの、当時の作品の雰囲気を尊重しました。書き下ろしとは多少文章の空気が変わってしまったかもしれませんが、それもまた楽しんでいただければいいなと考えています。


近況としては、去年くらいからトレッキングにはまっているのですが、夏は暑さが苦手でお休みしていたので、やっと再開しつつあります。目標はアウトドアクッキングなのですが、重い荷物を背負って歩くのに慣れていないのでまだまだ先の話になりそうです。もっと鍛えるまでに、トレッキングに飽きないことを祈ってます。

それから観劇回数が減った一方で映画を頻繁に見にいくようになり、いろいろチェックしています。どちらもいい息抜きになってます。

最後に、お世話になった方々にお礼を。

『荊《いばら》の枷《かさ》鎖』に引き続き、挿絵を担当してくださった相葉キョウコ様。ご多忙の中多大なご迷惑をおかけしてしまったにもかかわらず、色っぽいイラストをありがとうございました！　特に真面目モードの八城とエロモードでの八城のギャップがすごく淫靡《いんび》でドキドキしました。宏武と八城のみならず、社長もたくさん描いていただけて幸せです！　眼鏡キャラだとオンとオフを拝見できるので、どちらも堪能《かんのう》できて嬉しかったです。

本作を担当してくださったO様とA様及び、編集部ほか関係者の皆様にも、大変お世話になりました。どうもありがとうございました。またよろしくお願いします。

そして、ここまで読んでくださった読者の皆様に厚く御礼申し上げます。

それでは、また次の作品でお目にかかれますように。

和泉　桂

✦初出　饒舌な視線……………CLacla vol.1（2007年12月）
※単行本収録にあたり、「饒舌なまなざし」を改題し加筆修正しました。
無防備な視線……………書き下ろし
不器用な恋人……………書き下ろし

和泉桂先生、相葉キョウコ先生へのお便り、本作品に関するご意見、ご感想などは
〒151-0051 東京都渋谷区千駄ヶ谷 4-9-7
幻冬舎コミックス　ルチル文庫「饒舌な視線」係まで。

幻冬舎ルチル文庫
饒舌《じょうぜつ》な視線

2012年10月20日　第1刷発行

✦著者　和泉　桂　いずみ かつら
✦発行人　伊藤嘉彦
✦発行元　株式会社 幻冬舎コミックス
〒151-0051 東京都渋谷区千駄ヶ谷 4-9-7
電話 03(5411)6432[編集]
✦発売元　株式会社 幻冬舎
〒151-0051 東京都渋谷区千駄ヶ谷 4-9-7
電話 03(5411)6222[営業]
振替 00120-8-767643
✦印刷・製本所　中央精版印刷株式会社
✦検印廃止

ISBN978-4-344-82643-4　C0193　Printed in Japan